あやしい探検隊
北海道乱入

椎名 誠

角川文庫
18816

目次

北海道乱入地図

Hokkaido Rannyu Chizu

登場する人びと

物乞い旅八人のレギュラーメンバー

西澤亨

直情径行型あんちゃん。口は悪いし乱暴だがきっぱりしたリーダーシップもあり、今回の実質的な隊長をつとめた。探検隊といいつつ何もタンケンしない伝統を見事に守った。飲みすぎると我を無くし凶暴化する悪癖は不滅。

椎名誠

怪しい探検隊の第一期〜三期の隊長をつとめる。タクラマカン砂漠、インドシナ半島縦断など数々の正しい探検隊にも参加している。今回は随行記録人という立場。

西川良

おだやかなお目付役。本業はイベント会社の社長。この旅ではＤＶＤによるロードムービーを担当した。よく冷えた白ワインを前にすると突如狂乱頭となる。（2012年11月食道がんのため逝去）

近藤加津哉

西澤のいいアシスト役として今回副隊長をこなした。通称コンちゃん。雑誌『つり丸』副編集長として今回のメンバー全員が加わっている雑魚釣り隊キャンプ旅の計画、指揮系統を長く担当しているので実践力がある。ワルコンの異名あり。

齋藤浩

北海道の人脈をたどった物乞い交渉担当。それに関連するルート選び等、基本的企画者。本業はプロカメラマン。極端な空腹飢餓恐怖症。

齋藤海仁

本来なら物乞い旅の食料調達に一番ちからを発揮する役目を担っていたが、否応なしの飽食旅の路線転換に翻弄された。知性派。全体の家計簿担当。『ナショナル ジオグラフィック日本版』の編集担当。

太田篤哉

北海道生まれなのでいざというときの北海道人脈のツテを見込まれた。頑固で面倒見のよさが人柄。本業は新宿の有名居酒屋経営者。ゲスト参加。

竹田聡一郎

この隊のドレイ。体力耐久力抜群。先輩から言われたことはなんでもやる。本業は世界を股にかけたフリーのスポーツライター。

部分参加者およびアシスト担当

葛原渉

太田の経営する新宿居酒屋の従業員。北海道出身なので途中で参加。難しいナマコ料理の名人。数日間我々に同行し、本職のプロ料理人の腕をふるった。

宍戸健司

メインメンバーの友人。本来ならレギュラーとして全旅程に参加する筈だったがなぜかスーツでばしっと決めて知床の原野にやってきた。角川書店取締役（当時）。

香山光

メインメンバーの友人。電撃的に参入し突如的に去っていった。

深沢亜季子

本書の編集担当者。出発と帰港のアシストを現地まで行って確実にやってくれた。常に男ばかりの怪しい探検隊なのでたちまちマドンナにまつりあげられた。

極貧物乞い旅の計画

切れる男といわれてきた
オレこの旅で会社辞めたよ
私は知らなかった
人生はエビちゃん
老人よ大志を抱け
呑みすぎ

これはダイコンオロシより偉いのだ

この本は「カキオロシ」である。

カキオロシというと風呂場で背中の垢《あか》をタワシで掻《か》き落とす程度のことと思っているヒトがいるかも知れないが、舐《な》めないでもらいたい。

そんな簡単なことではないのだ。

原稿をいきなり書いてオロスのだ。

どこにどうオロスのか、実は書いているおれもよくわからないのだが、簡単な流れからいうと、カキオロシた原稿そのものがそのまま単行本になるのである。

どこかの雑誌や新聞に連載していたものだとか、ブログにぐにゃぐにゃ昨日食ったものとか明日《あした》食いたいものなんかを日記みたいに書いていたのを集めたものではない。

もっともぼくは「ダイコンオロシ」

もなかなかえらいと思っている。越前蕎麦《そば》など食うときは本当に尊敬する。カキオロシもそれに近い。

そのえらさは、この本を読んでいくにつれておいおいわかっていくだろう。

今回、角川書店で『あやしい探検隊』をカキオロス、というのもおれには深い感慨がある。いまから二十五年ぐらい前に、おれの書いた『わしらは怪しい探険隊』を最初に文庫に収録してくれたのが角川書店だったからだ。自分で数えたことはないがおれはもう文庫だけで二百五十冊ぐらい書いているらしいけれどその第一号というわけだ。

以来「あやしい探検隊もの」はシリーズになり、最初は(元本という)角川書店以外のところで書いたものも「あやしい探検隊」シリーズはほぼ角川文庫に収録された。

『わしらは怪しい探険隊』
『あやしい探検隊北へ』
『あやしい探検隊海で笑う』
『あやしい探検隊不思議島へ行く』
『あやしい探検隊アフリカ乱入』
『あやしい探検隊焚火《たきび》発見伝』(これだけ小学館文庫)

『あやしい探検隊バリ島横恋慕』

『あやしい探検隊焚火酔虎伝』

と続き、それからしばらくとだえた。

主なメンバーがそれぞれの仕事が忙しくなったり（あんまりいつまでもこういうバカ旅をしていられない）と野田知佑《のだともすけ》さんのように東京から地方に越してしまったり、悲しいことに登山家岡田昇《おかだのぼる》のように冬山で遭難死したり、若くして病死したり、バイクの風間深志《かざましんじ》のようにパリ・ダカールラリーで瀕死《ひんし》の重傷を負ったり、三島悟《みしまさとる》のようにサラリーマンに見切りをつけて居酒屋の店主になったり、沢野《さわの》ひとしのように怪しい女とパリに逃げたり……とメンバーが四散した。

ぼくは映画をつくることに急にのめり込みだして銀座に十年間小さな映画プロダクションを作って日本各地、さらにモンゴルまで走りまわったりしていた。

そうしていまから五年ほど前に『つり丸』という、釣りをやるおじさんしか知らない沖釣り専門誌から声をかけられた。

「うちでなんか面白いことをやりませんか」

そう言われたのである。釣り雑誌で何か面白いことをやるとしたら魚を釣るか魚に釣られるかしかない。釣りと海がすきでその名も海仁《かいじん》という仲間の若いのを連れてそ

ルのロビーだった。うちあわせの場所はなんと千葉の九十九里《くじゅうくり》浜ではなく帝国ホテ
『つり丸』は月二回刊だがそのうちの一回、だから月刊でみんなの釣り旅を書きませ
んか、というのである。
おれはいつの時代でも広い世代の友人と徒党を組んで遊んでいるので、さっそくそ
いつらに声をかけたら、意外に釣り好きが多い、ということが判明した。
連載というので毎月どこかに遠征するのだが、それなら海岸でキャンプ自炊、焚《た》き
火宴会がいい、ということになって、みんなヤル気になった。
そうして一年ほどいろんなところでいろんな釣りをしているうちに、その話が本に
なった。『わしらは怪しい雑魚《ざこ》釣り隊』という題名だ。ワンパターンもいいとこだが
何時の時代にもおれのまわりには怪しい奴が集まっているので当然そういうタイトル
にするしかない。
『つり丸』を出している出版社は文庫を出していないので、すぐに「うちで文庫にし
ませんか」という問い合わせがきた。本来なら「あやしい路線……」をいく本だか
ら角川文庫だが、このときは新潮社が一番早く申し込んできた。次が集英社、それか
ら角川書店と続いた。

『つり丸』が母体だから魚市場のセリみたいなもので、最初に高値をつけた（かどうかわからない＝ツバをつけたが正しい）新潮社に落札した。

調べてみるとその段階で第一号の『わしらは怪しい探険隊』の文庫は六十二刷になっていた。つまりこの怪しいシリーズは売れるのだ。

なんか、角川にすまないな、という気持ちが残った。シリーズでずっと角川文庫でこれを揃えるのがオトコの仁義というものではないか。そう考えているうちに『つり丸』で連載していたものの二冊目が本になってしまった。

『わしらは怪しい雑魚釣り隊・サバダバサバダバ篇』

二年目になると雑魚釣り隊といえどもそこそこみんな釣りができるようになり、あるとき島の堤防からサバが六十本も釣れてしまった。（普通釣り船で沖にでないとサバやカツオなどはなかなか釣れない）

あまりにも立派なサバが釣れてしまうのでその夜はみんなアタマがおかしくなってしまって焚《た》き火キャンプはみんなでサバを一本ずつ持ってサバダバサバダバサバダバ……と踊りくるったからそういうタイトルになった。この二冊目の本も新潮文庫に入った。

「すまない」と角川の宍戸《しし ど》健司《けんじ》に詫《わ》びる気持ちでいっぱいになった。宍戸は普段おれたちと飲んであそんでいるときは本人はそういうことを隠しているので気がつかないが、会社では偉い人で取締役編集局長なのだった。通称アブラ人。似てるけどアラブ人ではないのだ。アブラモノがとにかく好きで体を自己改造して体内に取り入れたアブラをビタミン類に変えてしまおう、というターミネーターみたいなことを考えている。そういうことを常に言っているニンゲンだから「このヒトが取締役？」なんて誰も気がつかない。

角川書店といえば、その最初の『わしらは怪しい探険隊』の文庫の話をしにきたおねーさん（当時はおじょうさん）は伊達《だて》百合《ゆり》さんといって、もの凄《すご》く上品なお姫さまみたいな美人でおれはびっくりした。慶応出の才媛《さいえん》である。

当時おれは銀座にある男ばかり三十人がのたくっている監獄の大部屋みたいな会社に勤めていた。業界紙を出している会社だった。

みんなヤクザみたいな服をきたそれこそ怪しい男どもらとの日々だった。業界紙だから文学セーネン崩れがいる。学生運動家崩れ、ギャンブラー崩れ、女のヒモ崩れなどとやたらに「崩れ系」が多かった。

なかには詐欺事件の逃亡者もいて刑事が踏み込んできて連れられていった。これはちょっとタダナラヌ光景だった。三十歳ぐらいの無口な男だった。

社長はフランス文学崩れで朝礼のときにジャック・プレヴェールとかアルチュール・ランボーの詩なんか持ち出し朗々とそれを吟じたりするのだ。もちろん誰も聞いている社員はいない。その隣にときどきいる専務は高田栄一《たかだえいいち》さんといって自由律の詩人であり、斯界《しかい》では有名な蛇の収集家、研究家であった。自宅に三百匹のいろんな蛇を飼っており、なかでも溺愛《できあい》している愛人の小さなミドリヘビをポケットの中にいれて一緒に外出し（勿論《もちろん》会社にも）片方のポケットには当時強烈な強壮効果があると騒がれていた九龍《きゅうりゅう》虫《ちゅう》を何匹もいれていた。その虫をチーズの小片に住まわせているのだ。

その虫をときどきポケットから出して口に入れていた。生で飲み込むと胃の中の胃酸にやられてパチンと爆発して死ぬそうだ。そのパチンというバクハツ力が強壮のエネルギーになるのですよ。と高田専務はよく説明していた。自動車のエンジンじゃないんだからそんなこと……とみんな信じないのだが、話の面白い人で、やがて信じてしまう人が多かった。

おれがそのあやしげな会社に入ったばかりの頃、ポケットの中の愛人ミドリヘビが勝手に出てきてしまい服の腹から胸のほうに移動していくのを見てびっくりしたことがある。ときおりあることらしく朝礼の話をしている専務は愛人がはい上がってきているのに気がつかない。そんなのに慣れている他の社員は平気な顔をしていたが、最初に見るものは誰でも驚く。

多くの読者はそんな話嘘だ、つくり話だ、と思うだろうが、本当のことなのである。

嘘と思うなら『ビールうぐうぐ対談　東海林さだお・椎名誠』（文藝春秋）一五九ページを見ていただきたい。九龍虫のおかげか八十近くなっていてもまだ元気な高田さんをゲストに料亭で東海林さんと鼎談《ていだん》をした。そのときはサキシママダラヘビを風呂敷にいれて持ってきてテーブルの上にはなった。一メートルぐらいはあり、テーブルの上をくねくねしているのを見て料理を持ってきた仲居さんが腰をぬかしていた。

新橋のサラリーマン時代の体験談は『新橋烏森口《しんばしからすもりぐち》青春篇』という本に書き、それはやがてＮＨＫの夜十時からの「銀河テレビ小説」になった。蛇の専務の役は伊《い》東四朗《とうしろう》さんが困った顔をしてやっていた。蛇が大嫌いだったんだって。

話を戻すと、そういうなんというか男くさいというか山賊の巣窟《そうくつ》のようなところで働いていた青年シーナマコトは、角川書店のお姫さまみたいな人と喫茶店であって別次元の光輪を見たような気になった。

「ご著書の『怪しい探険隊』をうちの文庫にいれていただけませんか？」

そういう伊達さんにおれはおののき、

「はい。そうします。すぐに文庫でいいです。いま文庫にお願いします。なんでもします」とウワゴトのように言った。

あやしきことでやり残したもの

こういう幾多のいきさつがあって、おれは角川書店とは長いつきあいになっている。出版社というのは人事異動で担当者がわりあい頻繁にいれかわる。ほかの出版社でおれにつくのは男の担当者が多いのだが、角川書店だけはなぜか女性担当者が多く、お姫さまの伝統を継いでいつも美人が多い。二〇〇九年の担当は深沢亜季子《ふかざわあきこ》さんで、これまたおれのまわりの山賊ども（いや、いまは海を遊びの舞台にしているから海賊というべきか）がざわざわいうようなルノアール的美人であった。この深沢さんと話をしているうちに「怪しい雑魚釣り隊」の話になり、そこに関係している男ども（約二十人）がどのくらいバカであるか、という話になった。

そういうバカの集団が旅をしていると面白いでしょうね、という話になり、その日はそのあと飲んで雑談になっていったのだが、おれは家にかえってしばらく考えていた。

「釣り」にしばられないむかしながらのいきあたりばったりの「あやしい探検隊」のようなバカ旅をいまのメンバーでやったらそうとうヘンなことが連続するのではないか。

むかしの「あやしい探検隊」ではいろんなことをやった。カヌーで延々と川を下っていく話とか、なぜか無人島だけいく旅とか、海外遠征では、アウトドア王国ニュージーランドを八人の男で進み、川があったら下り(一人死にそうになったが)、海があったら潜り、山があったら登る、というデコボコいきあたりばったり旅を楽しんだ。

ひとつだけ、考えていてやれなかった旅があった。

それはひとことで言うと「物乞《ものご》い旅」であった。いまは旅というとやれどこそこのオーシャンビューホテルのデッキレストランの海鮮炭火焼きは垂涎《すいぜん》ものだとか、どこそこのフレンチは「蒸しアワビのベル・ドゥ・ジュール風、白子のポワレと白菜のブレゼを添えて」がいちばんだとか「ギー・サヴォワさんの大好きな生牡蠣《がき》のジュレ添え、ナージュ仕立て」なんてメニューみても、ギー・サヴォワさんをまるで知らないし、ジュレ添えとはなんだ。ナージュ仕立てというのも見当がつかないぞ。たぶんこの料理は生牡蠣が関係しているらしい、ということしかわからない。

むしろドコドコ国のオマールを食わないとコマール(恥ずかしい)なんて言ってく

れたほうがこっちはヤル気になれるね。

蕎麦《そば》なんか貧しい土地の代用食だったというのに今は蕎麦道なんていいやがってうちの手打ちそばを本当に味わっていただくためには当店はそばつゆではなく冷たい谷川の水ですすってもらいます（本当にあったんだよ）などというのを嬉《うれ》しがっている大バカヤロウのグルメ旅ばかりになってしまった。

おれたちは雑魚《ざこ》ながら自前で魚は釣れるから「そこらのゴミカレイの焚《た》き火じか焼きにシーナさんの好きな牡蠣殻を粉砕した鶏の餌仕立て、フスマの粗《あら》挽《び》き百グラムを添えて」などというほうが気合がでる。

そこで、おれは深沢ルノアールさんに言ったんだ。そういう「物乞い旅」をやりのこしていた、と。

プランとしては最低予算でとにかく八人ぐらいで北海道にわたる。一週間から十日間でひとまわりするけれど、毎日のめしは自給自足。海と川の魚釣り班と山の山菜さがし。残ったものはそこらの道端にすわって「物乞い」をする。しかし釣りはボウズ（何も釣れないこと）は往々にしてあるし、山菜は北海道の場合エキノコックス（キタキツネが媒介する有害寄生虫）の危険がある。キノコのセンもあるがエゾアカマダラバカワライチンポコネジレタケなどというものを鍋にして全員朝までかけて笑い死にする危険もある。

そこである程度北海道の知り合いに連絡をとって基本のもの(コメとかミソとか)は「お貰《もら》い」をすることは考えています。宿泊はもちろん持参テント。レンタカーは高いので自前のものをつかう。そのため北海道にはカーフェリーで行く。その貧乏旅の軍資金の基本を角川書店でだしてくれませんか。これはアブラ人じゃなかった宍戸健司取締役編集局長に頼んでいただきたい。どのくらいの額かはおれらの仲間で唯一そういう知的な計算ができるやつにやらせるので追ってまた連絡します。見返りは「あやしい探検隊」を二十五年ぶりのカキオロシでやります。ルノアール亜季子は「それは絶対ぜひやりましょう」と笑って言った。いい女だ。

実行隊長を西澤《にしざわ》にする

おれはむかしからこういうことを考えると行動が早い。二日後に同じ酒場に「雑魚釣り隊」の主なメンバーを招集した。まず西澤亨《とおる》に言った。この条件で六月に七〜十日まとめて旅に出られる奴を集めろ。それにそれぞれの異なった特技があるとなおい い。クルマは二台だからメンツは八人。

場所はおれたちのアジト、新宿三丁目の居酒屋「池林房《ちりんぼう》」のこあがり。密談するにはちょうどいい。ま、密談する話でもないけれどよ。

西澤が選んだメンバーは次のとおり。

★西川良《にしかわりょう》（五十代。イベント会社社長だが社内権力なし。大きなイベントをかずかず手掛ける。強大な酒飲み。芦屋《あしや》育ち学習院出だが見たかんじ野毛《のげ》あたりの香具師《やし》に近い。西澤のよき相談相手。ただしこの旅が終ったあと、二〇一二年十一月に食道ガンのため逝去）

★齋藤海仁《さいとう》（四十代、『ナショナルジオグラフィック日本版』編集者。釣りはプロはだし、大学院生命理工学研究科を出たウニ・ホヤ・ヒトデの研究者。ただしいまのところ世の中になんの役にもたっていない。このメンバーでは唯一足し算掛け算の算数ができるので全体の旅記録、家計簿担当）

★近藤加津哉《こんどうかつや》（通称コンちゃん。三十代。『つり丸』編集者。だから海仁とこのコンちゃんが海からの食料補給の主力になる。なにかと機転がきき運動能力抜群。小才がきくので勝負事などではワルコンという異名がある）

★齋藤浩《さいとうひろし》（四十代、プロカメラマン。少し前までは一食五人前は食ったがいまは三人前でセーブしている。賭け事を中心としたグループ遊びのリーダー。今回は北

海道現地食料調達の渉外担当）

★竹田《たけだ》聡一郎《そういちろう》（二十代。世界をかけるフリーライター。雑魚釣り隊の若手はみんなドレイ待遇。竹田はそのドレイヒエラルキーの頂点を狙っているから今回はそのドレイ層を代表して参加。体力抜群。運動部らしく「やれ」といわれたらなんでもやる）

★太田《おおた》篤哉《とくや》（六十代。池林房グループ代表。北海道から単身上京して新宿の居酒屋数店と大きなビルのオーナーとなった。北海道岩見沢《いわみざわ》出身。今回は岩見沢で単身生活している母に折り畳み式の「杖《つえ》」を届けるのが主用件。ディープゾーンにおける北海道弁通訳も兼任）

★西澤亨（四十代。雑誌『自遊人』副編集長。しかし誌名に近く彼の行動はまったくの自由人。酔ってちょっとタガが外れると暴れん坊になるので嵐山光三郎《あらしやまこうざぶろう》さんから森の西松と呼ばれる。暴力的なリーダーシップがあるので今回は実戦行動隊長）

★椎名誠（六十代、そのようなわけで怪しい探検隊で置き忘れてきたテーマを今回追求できるのでこの旅を楽しむつもり。いままで積年「あや探」の本当の隊長をやってきたので今回は西澤に全部代行させる）

西澤は察しがいいので、その夜の集まりに各メンバーの役割と各々やることの内容と準備を手際よく指示していた。齋藤浩（以下ヒロシと呼ぶ）がいろんなツテを辿《たど》って北海道のなんらかの知り合いのリストを作ってきた。かなり幅ひろく広大な地域にまたがっているのでルート選定が大事になることがわかった。

齋藤海仁（以下海仁と呼ぶ）はそのルートが決まったら釣れる魚の研究が宿題となった。

近藤加津哉（以下コンちゃんと呼ぶ）は使うクルマのリストアップ。結局おれのピックアップトラック（五人乗り、トラックだから荷台がそこそこひろい）と自分のそれまで乗っていた場違いなアルファロメオを売って中古のグランドチェロキーを買うことになった。荷物用にルーフキャリーをつける。

ルートは茨城県の大洗《おおあらい》からカーフェリーに乗って、翌日午後北海道の苫小牧《とまこまい》着。

あらゆる移動手段でこれが一番安く楽ですね。と海仁はいつもの無表情顔で言った。

海仁とおれのつきあいはもう十五年ぐらいになるだろうか。

最初は新潮社の『ＳＩＮＲＡ』という雑誌の編集部にいて、その頃おれはその雑誌で日本のいろんな島にいく連載をしており、その担当になったのだ。しかし一緒にいく相手が悪かった。おれとあのバカイラストレーター沢野《さわの》ひとしとタルケン（知る人ぞ知る沖縄のカンプー写真家）の三人だった。海仁を除いておれたち三人は完全なるバカトリオであるから航海中まったく異常会話にうち興じていた。同じ話を三回聞いても腹をかかえて笑うような話でも海仁はニコリともしない。聞いていないかと思うとちゃんと聞いているのだ。単なる無表情、無感動の男らしい。（カンプー＝チョンマゲのこと）

最初はおれたちよりバカなのかな、と思ったけれど、そんな人が名門の新潮社に入社できるわけはない。

「ではこの旅のあいだあいつに常に面白い話をして笑わせてしまおう」

おれたち三人はそういう作戦をたて小笠原《おがさわら》諸島にいる六日間、ついに海仁を笑わせることに成功したのである。いったん笑うと海仁はおれたちと同じくらいバカである、ということがわかった。それ以来「海仁」は壊れた、という噂がたった。

さてその日の会議はそれぞれ持っていくもののリストアップである。これまでの通常キャンプだと夜間照明はホワイトガソリンを燃料にしたガソリンランタンだが、これは移動に弱い。しかもすぐにマントル（炎をつくる要材）がダメになる。データ記録用のパソコンやデジタルカメラのバッテリー充電のためにガソリン発電機を持っていこう、ということになった。小型で格安の発電機探し。これはコンちゃんが担当。

酒類は現地調達だが、船の中で飲むビールなどは買っていって持ち込む。太田篤哉（以下トクヤ）は自分用に「歌舞伎揚《かぶき》げ」を三袋持っていくといって譲らない。

「私物はなるべく少なく」

と西澤が再三言っているのだがトクヤは「これは嗜好《しこう》品だから私物ではない」と言い張る。

「誰の嗜好品なんですか？」

「おれのだよ」

「あのトクさんですね。僭越《せんえつ》ですが、そういうのを私物というんですよ」

「新宿ではそうはいわない」

「いいから、いいから。軽いものだからもうソレはいいことにしましょう」

西川がそこをとりなす。

「でもホントに三袋ですよ。ダンボール三箱はだめですよ」

第一回目の会議はうまくいったのかそうでもなかったのかよくわからないうちに、やがていつものめや歌えやの宴会になっていった。

むかしの名前で待っていてくれよ

出発は六月十八日になった。東京はそろそろ梅雨入りの季節である。梅雨のない北海道に行くならばこのあたりしかあんめえ、ということを西澤と決めた。それにあわせてコンちゃんがピカピカのグランドチェロキーをついに買った。シルバーグレーで、おれのピックアップトラックは真っ赤だから、これはめでたい「紅白遠征隊」である。

角川書店は五〇万円を投資してくれた。八人で九日間の旅を五〇万円でまかなうのはたぶん無理だから一人三万円ずつ徴収し七四万円が我々の旅の総予算となった。贅《ぜい》沢《たく》厳禁。

ルノアール亜季子がその予算のなかからカーフェリーのまずは行きの予約をしてくれた。四畳半の和室四人用、スタンダードルームで車なしの乗船券は一人一万四五〇〇円（六名分）。車一台と運転者一名二万六〇〇〇円（二名分）、エコノミーとの差額六〇〇〇円（二名分）になるから、まず我々が北海道に上陸するまで一五万一〇〇〇円かかることになる。

なにげなく行っている普段のビジネス旅行と比較してみよう。

北海道には普段飛行機で行っている。おれの場合飛行機のなかで原稿仕事をしていくことが多いのでスーパーシートに乗る。一人片道三万八六〇〇円。

仮に八人が北海道一周贅沢旅に出るとしたらこの段階でもう三〇万八八〇〇円かかってしまうことになる。行ったきりもう帰ってこられないのだ。

西澤とコンちゃんは自炊道具の厳選に入った。大ナベふたつ（ごはんと味噌《みそ》汁用）。マナイタに包丁、各種調味料、食器は個人がそれぞれ自分のものを持っていき、それを使う。あえて個人食器なしでいく、という主義の人はごはんを両手に乗せてもらい（なるべくさましたほうがいいね）そのあと味噌汁を両手に乗せてもらう。かなりこぼれるが、まあそのヒトがそういう主義だった場合仕方がない。食いおわったら食器を自分で洗ってまた自分でしまう。食器なしの人は自分の手をよく洗う。けっしてごはん粒のついた手を他人の背中で拭《ふ》いてはいけない。これは「あやしい探検隊」のむかしからの方針だった。

カーフェリーの出発時間にあわせて十二時三十分にトクヤの建てた地上九階建ての豪華ＯＴビルの前にクルマと乱入隊が集合した。

この時期、サッカーのワールドカップ南アフリカ大会をやっていて、竹田はその取材に行っていたのだが、前日なんとか帰国して、その集合時間に間に合った。あの大会で終始うるさかった単純なラッパ「ブブゼラ」を持ってきた。時期的にいって新宿では初のブブゼラではないか。同時にアフリカの肉の塊を持ってきた。肉の塊というだけで何の肉の塊なのか忙しいときなので誰も聞かなかった。しかし食料が少しでも手持ちにあるということは先々どうなるかわからない我々の旅には大事なことであった。

「ところでそのブブゼラは幾らすんの」

コンちゃんが竹田に聞く。

「えっと一〇ランドぐらいね」

「ランド？」みんな聞いたことのない単位だ。

「一ランドは幾ら」

「えっと、一二円とか一三円ぐらいです」

「安いのね」

「でも持ってくるのが大変でした。かさばるから。日本の税関の人が知っていて、えっ？　もう帰ってきちゃったんですか？」

と驚いていたらしい。W《ワールド》カップは始まったばかりだから当然だ。

「ええ。これからぼくはどうしても北に行かなきゃならないんです」

竹田はそこで気取って遠くを見る目をしてみせたらしいが、税関はさっさと次の人に視線を移していたらしい。

二台のクルマへの荷物の積み込みは西澤とコンちゃんが指示していたが、中に異常に大きいわりには軽くてかさばる邪魔っぽいものが二つある。

所有者をしらべると西川の寝袋の下に敷くマットと竹田の寝袋だった。二人ともやたら安いのを買ってきたから無意味にでかくかさばるだけなのだ。

「扱いにくいね。これ」

コンちゃんが苦労している。そしてこの二つの異様巨大物は今回の旅で最初から最後まで迷惑な物体となっていくのだった。

まあとにかく荷物の積み込みがすんだので、出発を記念して竹田にそのブブゼラを吹かせた。なにか象がオナラをしたような力のない音が新宿三丁目界隈《かいわい》に鳴りひびいた。

そこから首都高速に乗って一路常磐《じょうばん》道を進み、午後三時には大洗に到着した。まったく順調に来てしまったので六時半出航までだいぶ時間がある。

おれたちとは別にルノアール亜季子さんが列車で先に到着していてチケットを買う役になった。ここの港からカーフェリーに乗るクルマの多くは巨大なトレーラーだっ

▶新宿三丁目の太田のビル前が出発地となった。荷積み開始。まだいいかげん。

◀ロープが圧倒的に足りない、ということがわかった。大洗港にいく途中でホームセンターを見つけて買おう。そういう話をしている。

▶なぜかオカモチを持って喜んでいる太田。「これを持っていったほうがなにかと便利ではないのか」という太田に、誰に何を出前するんですか、と本気で怒っている西澤。

◀副隊長のコンちゃんがプロパンガスを積み込んでいる。「北海道にもガスはあるんじゃねえの」と荷台の椎名。「もし無かったらどうすんですか」と本気で怒っているコンちゃん。

▶とりあえず荷物は全部二台のクルマに載った。出発の記念撮影。一番右端でスーツ着て気取っている香山は数日後に釧路のタンメン屋で服装は違うものの同じような恰好をして待っていた。

◀さんふらわあ号の船室になんとか落ちついた。出発前の一同乾杯。

▶北海道でこれをどう活用しようか、とアフリカから持ちかえったばかりのブブゼラの練習に励むドレイの竹田。

た。

クルマを入れる大きな船倉のなかに隠れて北海道までただ乗りできないだろうか、とみんなで偵察に行ったが、クルマを全部乗せてしまうと船室との行き来ができなくなるようになっていて、密航は簡単に断念。でも八人では目立ってしまうが二人ぐらいなら大丈夫かもしれない。ただし寝袋を持って入らないと夜はそうとうに寒そうだ。ためしに竹田にやらせてみようか、という話になったが竹田は海にむかってブブゼラの練習をして聞こえないふりをしていた。

雨が降ってきて気温が下がっていく。しかしこんなのは大洗にいるあと数時間だけだ。船の食堂のめしは高くてまずいので、ホカ弁を各種、よく冷えたビールをいっぱい買いこんでいくことにした。

やがて大きなトレーラーから乗船がはじまった。係員がテキパキと誘導し、あのでかいトレーラーを上手に船の中に入れていく運転手の技術におれらは港湾見学にやってきた小学生みたいにポカンと感動して眺めていた。

二台の車を運転して船倉に入っていく二人以外は長い回廊を通って歩いて船に乗る。途中のチケットチェックの場所から乗船客だけが中に入っていく。ルノアール亜季子さんともここでお別れだ。彼女は事務的なサポートを本当によくやってくれた。

「じゃあ行ってくっかんな。海の男は北にいかねばならないんだ。決してとめるなよ。いつかきっとシャケやタラを沢山積んで帰ってくるからな。それまでむかしの名前で出ているんだぞ」

ルノアール亜季子とここで涙の別れの手を振っておれらはでっかい船に乗った。我々の借りた二つの部屋は海面から十メートルぐらいの高さのところにあった。とりあえず高さ十メートルの波が襲ってきても窓がふせいでくれるね、とみんなで安心する。それからみんなでカンビールを掲げて出発の乾杯をした。なんだか気持ちいい。

すぐにホカ弁を食うもの。船内探検に行くもの。仮寝するもの。いつものように各自勝手な時間になる。汽笛が鳴り、さんふらわあ号はゆっくり港を離れていく。海側に窓が向いているのでハンカチをにぎりしめて別れの涙にむせんでいるルノアール亜季子の姿は見えない。

巨大な船がゆっくり揺れてエンジンの音がかすかに聞こえてくる。

船の旅はこれがいい。

おれもこれまでの人生、随分いろんな船旅をしたけれど、もう二度とできないだろうな、と思うのは三十代の頃にマゼラン海峡から南極にむかって乗ったチリ海軍の軍艦の旅だった。三インチの大砲を一門、機銃を二つ備えた小型の老朽軍艦だった。マゼラン海峡から吠《ほ》えるドレーク海峡に出るまで一週間かかった。ドレーク海峡では水兵も下士官もみんな船酔いで倒れていた。おれはどういうわけか船酔いはしない体質なので、ただもう大波にやられて沈まなければいいなあ、と考えていた。ああいう、明日《あした》どこにいくかわからない軍艦の旅からくらべたら、この大きな船の揺れはゆりかごのようだ。

これだけのメンツがいるので麻雀《マージャン》を少しやったが、みんな揺れにやられて疲れているようでわりあい早く寝てしまった。

翌朝七時、竹田のオオバカブブゼラによって全員起こされる。朝食は一人一〇〇〇円のバイキング方式。あまりうまくない。もっとも今回の旅はチームに会社員もいて「多目的旅」になっている。北海道までいくんだからついでにこういう仕事をやってこい、という業務上の使命がいくつかあるわけだ。

まあそうでもないといまどき一週間以上もただの遊びで北海道一周なんてなかなか会社が許してくれないだろう。そのひとつは西澤がやっている『自遊人』でおれがずっと連載している「百年食堂」の取材が、到着したその当日にあった。「百年食堂」というのは全国にある百年前後の営業の歴史をもつ食堂を取材しているシリーズで、もうあしかけ三年ぐらいになる。メンバーは決まっていて西澤、海仁、ヒロシ、それにおれが取材に行く。

苫小牧にまずその店の最初のターゲットがあった。そこできっと船のバイキングよりもはるかにおいしいものが食べられるだろうから、おれはバイキングをパスして霧に包まれた海を見ていた。

しかし北海道に接近してきたら船足は急に遅くなり、もう陸地は見えているはずなのに到着は午後一時半ということであった。

霧がますます濃くなっているので微速前進となっているのだろう。

やがて午後一時十五分、いきなり霧のなかから苫小牧の港が見えてきた。まさにいきなり現れる、という状態で、濃霧のなかの大きな船の航行というのは実にスリリングなものなのだなあ、ということを実感する。

しかし着いた着いた。ちゃんと苫小牧に着いた。カムチャッカとかハングルの書いてある港じゃなくてよかった。

沢山のトレーラー、一般車を順番に降ろしていくので接岸しても外に出るまでに時間がかかる。しかしこれで漸《ようや》くおれたちの「北海道乱入」がはじまる。この「乱入」という言葉はジャズピアニストの山下洋輔《やましたようすけ》さんの『ピアノ弾き乱入元年』から拝借し

◀▲苫小牧到着。しかし濃霧でなかなか接岸できなかった。さんふらわあ号には大型トレーラーがいっぱい乗っていた。我々より少し遅れた飛行機で現地入りした齋藤ヒロシが現地で待ち受け、撮影した。

▶濃霧のため接岸に手間取り、やっと午後二時に我々は北海道の大地に乱入開始。

▲次々に降り立つのは働く自動車、大型トレーラー。なんだか我々の肩身がせまい。

▶副隊長コンちゃんがなんとなくこんなこともあるだろうと買い換えたシルバーの「グランドチェロキー」。

◀なんとなくこんな旅もあるだろうと椎名が予測し、発作的に買ったピックアップトラック。赤い「トライトン」だ。

たものだ。それ以外におれたちのこの計画性のあまりないバカタレ旅をうまく言いあらわすコトバが見つからない。

到着して三十分ぐらいでやっと苫小牧の岸壁に足が着いた。さすがに大洗よりもだいぶ寒い。しかし気のせいか空気が冷たくてうまい。それに空がでっかい。でっかい空気をいっぺんに吸ってもしょうがないので、少しずつ味わう。さあ、どんな旅が待っているのだろうか。

「室蘭ほっちゃれ団」の襲撃

最初の収穫

その日の遅い午後、最初の「物乞《ものご》い」のための接触があった。現地食料調達係のヒロシは食うことに人生のすべてをかけているから、こういうときにこれほどの適任はいない。おまけにマメであり、人あたりがいい。

「やっぱり最初はコメですよね。人間はやはりコメですよね。人生はコメですよね。するとコメも人生ですよね。つまり最初の物乞いとしてはこんなに大事なことはないわけですよね」

そのようなことを呪文《じゅもん》のように呟《つぶや》きながら彼が東京にいる間に最初に連絡をとったのは室蘭《むろらん》の「ヤマコしらかわ米穀店」の白川皓一《しらかわこういち》さんであった。

白川さんと室蘭とおれは浅からぬ仲にある。最初はケンカもどきであった。その一連の出来事をそばでずっと見ていたのがヒロシである。

いまから十年ぐらい前になるだろうか。

その頃おれは『週刊現代』で「海を見にいく」というカラー二ページの連載を五年ほどずっと続けていた。週刊誌だから毎週掲載される。取材は一定エリアをきめて三泊四日ぐらいでそのエリアを横断、縦断して各地を移動していた。そのくらいあればクルマでかなりの土地を訪ねることができるから、一回取材にでると四〜五回分の連続旅エッセイを書くことができた。

白老《しらおい》から登別《のぼりべつ》を経由して室蘭に入った。

室蘭といったら有名な土地である。知らない街にいくときはなにかしらの期待がある。昼頃到着して、なにか昼飯を食おう、ということになった。我々はおれとヒロシとあと二人、計四人の取材チームで動いている。賑《にぎ》やかな商店街に行ってラーメン屋でも探そう、と歩いていったところが室蘭の中心地であるアーケード街だった。しかし驚いた。人かげがまるでないのだ。

日曜日なのに殆《ほとん》どの店がシャッターを降ろしている。ようやく路地の奥でみつけたラーメン屋のラーメンがぬるくて不味《まず》いこと。我々はすっかり落胆して、全体に赤錆《さび》色にくすんだ室蘭をひとまわりし、そうかこの街はかつて鉄鋼やその他港湾景気で栄えた時代をすでに終えてしまったのだ、という結論に達した。

そうしておれは週刊誌に「室蘭はゴーストタウンのようだった」と書いた。

これに最初に反応したのが地元の新聞だった。

「東京からちょこっときた作家が何を言っている。室蘭にはもっといいところが沢山あるのにふらっと瞥見《べっけん》しただけで勝手なことを書いている」

そういう地元紙のコラム記事がワザワザ誰かの手によってぼくのところに送られてきた。この記事にさらに反応したのが「北海道新聞」で、それにアブラを注ぐようなことを書いていた。北海道新聞というのは何かというとおれの書いたコマカイ話に過剰反応してくるのだ。

それ以前も札幌でやっている「よさこいソーラン」は嫌いだ、というエッセイを書いた。なぜかというと、いかに派手でかっこよく踊るか、という方向だけが強くて、踊っている人の顔がちっとも楽しそうでない。練習に練習を重ねた強引な路上発表会、という印象だった。

そのへんが「阿波《あわ》踊り」などと根本的に違っていて、見ている人に楽しさがつたわってこない。自分らの「どうだまいったか」の技の競いあいになっているからではないだろうか――などということを書いたら北海道新聞がまた噛《か》みついてきた。

今度もそんなかんじで「ゴーストタウンとはなにごとか」と怒っている。そしてぼくと室蘭との戦争がはじまった。もう一度室蘭にきて、商店街の人や市民と対話しろ、などという挑戦状のようなものがきた。

おれは言われるままに室蘭の対話会場に今度は一人で行った。招待なんかじゃないから完全に自腹をきっての対決だ。思いがけずいっぱいの人が集まっていたが、かんじんの最初にケンカの発端を作った地元紙の記者はどこかに取材に出ているとかで不在だった。まずその人と対話対決しようと思ったのになんかズルイかんじがした。なぜ逃げるんだ。

仕方なく一人で町の人を前にフリートークをするような恰好《かっこう》になった。日本のあっちこっちで見てきた地方の景気後退風景の現場の話をし、こうして売り言葉に買い言葉でケンカしてたってしょうがないじゃないですか、アーケードは暗いのと、地方都市特有の装置、という印象があるから思い切ってとっぱらって太陽の当たる商店街にしたほうがいいんじゃないですか、などと再び言いたいことを言ってしまった。

そのあといろんな意見が交わされ、これから室蘭の衰退をとどめるにはどうしたらいいか、というような話になり、最後はアーケード商店街の主だった人と酒を飲んですっかりうちとけていた。——と、いうよりもむしろ仲良くなっていた。

おれはその頃、三角ベースの全国組織化に積極的で、すでに全国に五十チーム七百人ぐらいのメンバーが集まっており、北海道にも七チームほどできていたので、彼らにその仲間に入らないか、と誘った。

室蘭には何事もアクティブで陽気な人が多いのですぐに話に乗ってくれてさっそくチームが編成された。普通の草野球チームだと「○○ガンダムズ」などと威勢のいいチーム名になるが我々は少年野球みたいなものなので「少年探偵団」のように「○○団」と名乗るきまりになっている。かれらは「室蘭ほっちゃれ団」というチーム名になった。

「ほっちゃれ」というのは地元の言葉で「すてちゃえ」「ほっぽっちゃえ」という意味だという。

そのときアーケード街の商店のリーダー的な立場にいた人がお米屋さんの白川さんなのだった。白川さんとその地元の気のいい商店主の皆さんとはそれから例の野球大会などであちこちで会うことになる。今回の「オコメ」の援助はそういう成り行きの延長線上にあった。

道路端でクルマをとめ白川さんからおもいがけないほどのお米を貰《もら》った。「おぼろづき」五キログラムを六袋。

一袋二三一〇円なので六袋で一万三八六〇円もする。さらに高級清酒、米焼酎《じょうちゅう》、珈琲《コーヒー》焼酎など合計十二本。値段にして約二万円。

「これ、みんな貰っていいんですか？」

おれたちはびっくりした。

「だって八人もいるんだものそのくらいいるでしょう」

白川さんの笑顔がウツクシイ。

我々はその日の夜に静内《しずない》の「藤沢牧場」の片隅にテントを張らしてもらう予定なので、よかったら夜の酒宴にみなさんでおいで下さい。そう言って白川さんと別れた。

「これだけコメがあればまず死なないっすね」

竹田が嬉《うれ》しそうだ。

「塩にぎりにしても八人一カ月は楽に暮らせますぜ」

竹田の喜びのブブゼラが鳴りひびく。

「こらあ、このへん牛とか羊の牧場があるんだから乳が出なくなったらお前の責任だぞ」西澤オコル。

そのあたりで、おれと西澤、海仁、ヒロシが別れて苫小牧の「第一洋食店」にむかった。例の「百年食堂」の取材だ。

▲苫小牧の港を出て少し走ったところで室蘭の白川さんと無事密会成功。なんとなく秘密めいた気配のなかでコメや酒の供給を受ける。うまいコメ「おぼろづき」三十キロ確保。

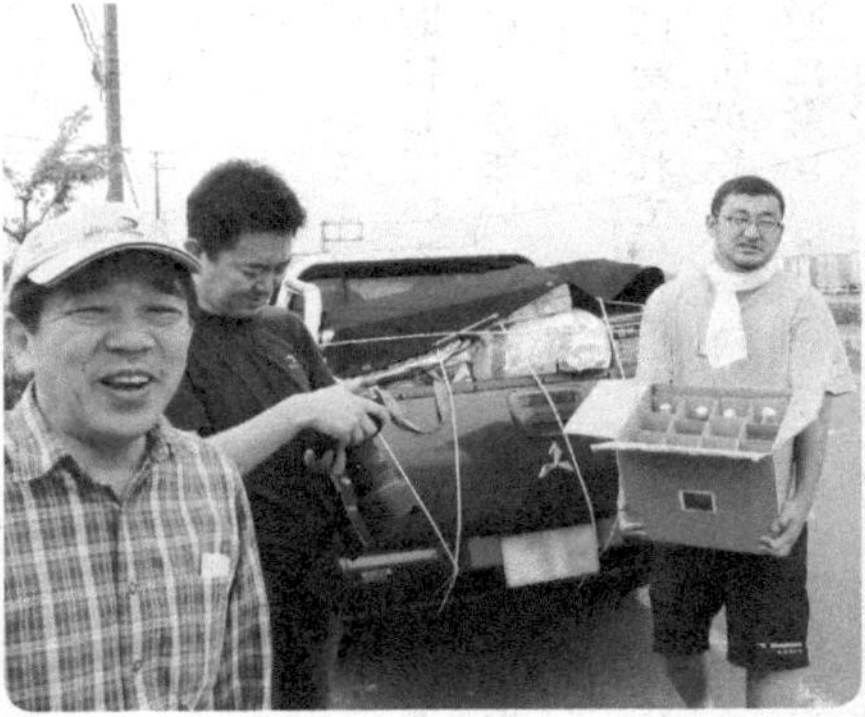

◀いひひひ。コメさえあればもうなにもこわくないもんね、コメさえあればなんでもできる、と喜ぶ太田トクヤ。「このサケ類どっちのクルマに入れんすか？」と聞いてまわるドレイの竹田。まだ指揮系統ができていないので誰もわからない。どのクルマも積み荷満杯。「竹田おまえはそれを持ってあとはおれらのあとを追って走ってついてこい。お前ならできる」と西澤隊長。

謎のジンギスカン鍋《なべ》

百年食堂——という連載の骨子はまず百年も続いていてエライ！　というところにある。もう全国各地三十軒近く取材しているが、百年の継続に重きをおいているから、よくある食べ物屋取材のように「うまい」とか「めずらしい」などということが主眼ではない。

まあ多くの店は、おいしくて安くてその町の人に愛されて、経営内紛もなく世代交代がうまく繋《つな》がって潰《つぶ》れずに百年を数えた、という店が多いが、状況によってはよくこんな味で百年もやってきたものだ！　といって逆に驚き、あとずさる場合もある。そうするとまた北海道新聞が噛みついてきたり——はしないか。全国各地だものな。

その日、行った「第一洋食店」は店構えからしてあきらかに異彩をはなっていた。モダンで瀟洒《しょうしゃ》、という形容がいいだろうか。

店のなかに入るともっと驚いた。スペースも広いが内装が品よく整っていて、落ちついた色調がすでにタダモノではない。

この店の人気料理はハヤシライスにタンシチュー、ミートコロッケなどだ。

店主の山下明《やましたあきら》さんは東北大学の哲学科を出て家業を継いだ三代目。初代は横浜のグランドホテルでフランス料理を学び、二代目、三代目はヨソに修業にいくことなく、初代の味を守ってきた、というある種「百年食堂」の王道をいく経歴なのであった。

物乞《ものご》い旅の我々は、この日はこの取材で撮影したり試食したりするものが本日の昼飯であるから、みんないつもより真剣に食べた。

勿論《もちろん》料金はきちんとお支払いするが、これは西澤のやっている趣味人雑誌『自遊人』が支払ってくれるからヒロシなどは取材しなくてもいいようなものまでアレモコレモと注文して食べている。

うまいものを前にすると頭のなかがトルネード化してまともに状況判断ができなくなる、というイブクロ人間の典型なのである。

取材は一時間ほどでおわり「最後にあの一番うまかったハヤシライスをもうひとつ」と涙ぐんで哀願するヒロシの手をみんなで強引に引っ張って外に出た。

これから我々は今夜泊まる静内まで急いで行かねばならないのである。

別動隊の四人はどこかでラーメンでも食ってやはり静内にむかっている筈《はず》だ。取材とはいえ、今日の昼飯の質量とも断然我々四人のほうが上である。

「取材のめしがうまくてうまくて、などということをあいつらに言ってはなんねえぞ」

大きな腹をかかえていまにも眠りそうな助手席のヒロシにおれはクルマを運転しながら言う。

「やつらは今日の取材が雑誌になったときに悔しがるだろうけれどな。まあどのような場合にも運命によって格差というのは生じるものだよ」

西澤が全体の実行隊長とはいえないようなことを言う。

その日泊まる静内は馬と牧場で有名な土地である。競馬界を賑《にぎ》わした名馬の多くがここに集められ、優秀な血統で次の名馬を育てようとしている牧場がたくさん集まっている。

ここに泊まれる縁は西川良の関係だった。

彼の大学時代の友人が静内に住んでいて、その弟さんがやっている牧場があり、そこの敷地にテントを張らせて貰える、ということになっているのだ。前章の人物紹介で書いたように西川が出たところは(とても信じられないけれど)学習院だから、学友といってもただの学友ではないのだろうなあ、という話になった。

「この場合〝ゴ学友〟と呼ばなければいけないんじゃないすかね」

海仁が言う。

◀西澤が担当する『自遊人』の取材で苫小牧の百年食堂「第一洋食店」に取材チーム、西澤、ヒロシ、海仁、椎名がいく。インテリの山下シェフ。

▶このような瀟洒な店がトマコマイにあったのか、と我々は驚く。

▼三大人気商品のミートコロッケ、タンシチュー、ハヤシライスの揃い踏み。これがそのまま取材チームの豪華なひるめしになる。一方、分派行動で先行したコンちゃんチームはそこらの手抜き味噌ラーメンを「うまいうまい」と言ってすすりまくる。

「まあな。ダチ公じゃちょっとまずいかもしれないなあ」

「おめえが西川のダチか。ま、よろしく頼むよ。酒あるか。なんて西澤はすぐに言いそうだからな」

と、これは西澤の性格をよく知るおれの意見。

「注意します」

「別れるときは〝ごきげんよう〟だぞ」

「注意します」

苫小牧からは早くもでっかいどうほっかいどう——となっていてまっすぐの道が続き、すれ違うクルマも追い抜くクルマもない。

しかし天候は初日としてはどうもいまひとつパッとしない。苫小牧の波止場の濃霧ほどではないが、夕靄《もや》のようなものが出てきている。

「今夜の夕食は、その西川のご学友のはからいでどうも牧場の人が野外ヤキニクの宴《うたげ》を用意してくれるらしいぞ」

「馬肉ですかね」

「バカ。競走馬をそだてている牧場が馬を食っちゃってどうすんだ」

「みんな何いってんですか。北海道でヤキニクといったらジンギスカン鍋でしょう」

満腹で居眠りしていた筈のヒロシがガバッと起きてキッパリ言う。

「そうか、ジンギスカンか」

「しかし、羊のヤキニクをなんでジンギスカンというんだろう？」

「ジンギスカンは代表的なモンゴル料理といいますね」

海仁が言う。

「それについてはなあ、こういう体験があるんだよ」

おれは道端にクルマをとめ、立ち小便をしながら言った。みんなも同じ方向にむかってつきあう。そこから運転を海仁に替わった。

我々のクルマはおれと海仁しか運転手がいない。西澤は運転のベテランだったが、例のべらんめえ超スピードオーバーが重なり、昨年「免許剝奪《はくだつ》」された。ヒロシはより多く食い、そのあとはより沢山寝るために運転免許をとらずにいる。すべてにわたって戦略的な男なのだ。

運転を替わった海仁が「ジンギスカンの話はそれでどういうコトなんですか？」と聞いた。

「ジンギスカンがモンゴル料理だというだろう。だからおれが一番最初にモンゴルに行ったとき、本場のジンギスカンを食おうと思ってホテルのレストランで注文したんだ」

「ジンギスカン一丁ってですか」

「まあそうだな。ところが一向に通じないんだよ。なんだそれは？　という顔なんだ。コトバ通じないししょうがないから絵を描いた。あの帽子みたいな鍋に、羊の絵を描いて、それの肉を乗せて下から火をたいて焼いて食うものだ。コレあんたらの国の代表料理でしょうが――ってな」

「それでわかりましたか」

「そのやりとりをしているところに運よく通訳がやってきてもっと詳しく説明することができた。日本人の新米通訳だから、彼もジンギスカン＝モンゴル説を信じている。おれの描いた絵をモンゴル語でもっと正確に説明した。その頃にはなにごとかとモンゴル人のウェイターたちだけでなくキッチンの責任者みたいなのも出てきた」

「またケンカですか」

と西澤。

「そんな剣呑《けんのん》なことにはならないよ。彼らは通訳の説明とおれの描いた絵をあらためて見てとくに肉を焼く、ということについてなんとなくいきりたっているのがわかった。彼らは、そんな料理はこの国には絶対ない、というようなコトを言った。断言するような強い調子だった。何故ならばモンゴル人は肉は絶対焼いて食わないからだ。伝統的に肉といったら蒸して食う。だからありえない――と」

「蒸し肉ですか」

「モンゴルの遊牧民は動物を育てることによって生活している。だからめったに家畜である動物の肉を食わないんだ。食ったら財産が減っていくだけだからな。彼らは動物の乳を飲み、それでチーズをつくり、酒まで作る。羊肉をときどき食べるけれど、それは特別なときだ。まつりごととか遠来からの客がきたときのもてなしとか」

「それも焼かないんですか？」

「一匹の羊を殺すと全部食べる。血は一滴も体の外に出さないように、心臓のすぐそばをナイフで切って心臓まで手をいれて指で心臓に入る大動脈を切る。そうすると血は外にでないで羊の腹腔《ふくこう》に溜《た》まる。あとでそれを空にした腸にいれて血詰めの腸《ソーセージ》にする。そのほか肉はもちろん、内臓までも全部食う。大きなズンドー鍋《なべ》のようなものに一匹の羊を全部いれて塩味つけて二時間ぐらい蒸す。シュースといってそれが代表的なモンゴルの羊料理なんだ」

「なんで蒸す料理しかしないんですか？」

「肉を焼いたら脂が火におちてしまうじゃないか。モンゴル人は羊の血も脳も脂も全部あますところなく屠《ほふ》った羊から感謝しついただく、という考えなんだな。だから火に脂を食わせてしまうもったいない料理方法は彼らの食生活にはないんだ」

「そうすると北海道でやっているジンギスカンというのは?」

「日本人だけが食っているモンゴル料理というわけのわからないものになるのかなあ」

「そのシュースというのぼくも食いたいです」

寝ていると思ったヒロシがいきなり言った。

「わかったわかった。どこかで羊を一匹貰《もら》えたらシュースをやろうな」

上陸歓迎大酒宴

夕方六時に本日の宿泊場所「藤沢牧場」に到着した。すでに別動隊の四人は到着していて、それぞれのテントを張って、ホワイトガソリンを燃料にした発電機(通称ハツハツ)の試運転などをしていた。

我々にあたえられたテント場は、馬群を一時囲っておくところで、クルマ二台をそのまま乗り入れることができ、八人分の個人テントもゆったり張れる。ただし柵《さく》内に馬群をときどき入れるので馬糞がけっこう豊富に散らばっている。それをうまく避けながら各自工夫して自分のテントを設営する。

我々のテント場から少しいった崖《がけ》の上に愛想のいい道産子《どさんこ》が一頭いて「あれまあこの人達はなんだろう」という顔をして興味深げに見ている。暇つぶしにはちょうどいい人間ども（おれたちのことね）なのだろう。愛想のいい馬で名前はロッキー。そばにいっても逃げないで長い鼻面をすりつけてくる。

この牧場主、藤沢澄雄《ふじさわすみお》さんのお兄さんである一雄《かずお》さんが西川良の〝ご学友〟で、牧場のすぐそばで酒屋さんを経営している。

今日は藤沢牧場で働いている人たち総出で我々の歓迎大酒宴会の用意をしてくれていた。今日からはじまる北海道一周にあわせて北海道出身の太田トクヤが、もともと本人が新宿で居酒屋を経営していてその商売上からも親しくしているサッポロビールとおたるワインに連絡し、今夜の酒宴に間に合うように酒類を届けてもらっていた。

仲間うちからの「施し」ではあるが、収穫品として明記すると、

サッポロクラシックビール（五ケース）

おたるワイン（二十四本）

という早くも目玉がクラクラするような潤沢ぶりである。

いっぽう藤沢牧場のみなさんも生ビールをサーバーつきで用意してくれており、さらに噂の「ジンギスカン」のためニュージーランド産のラム肉四キロ。それに生きのいいホタテ、ホッケのヒラキなどが臨時屋外食卓にずらりとならべられている。

「さあ、どうぞ長旅でお疲れでしょう」

藤沢牧場の主人が我々に生ビールをじゃんじゃんすすめてくれる。長旅といってもフェリーで飲んでいたし、百年食堂でおいしいハヤシライスを食ってあとはクルマで移動していただけなので、実際には我々は三百歩ぐらいしか歩いていない。

しかし、目の前にヒエヒエの生ビールを出されてひっこんでいるわけにはいかないからみんなして「出っぱっていって」生ビールのグラスを空中にかかげて遠慮なく乾杯した。

野外臨時テーブルのあちこちで早くもジンギスカンの煙があがっている。我々を含めて総勢三十人ぐらいはいるだろうか。まだ飲みはじめたばかりで、初対面の人が多いからか、とりあえずはみんなゆったり飲んだり食べたり。

今回の旅は「貧乏、物乞《ものご》い旅」がメーンテーマなのに、どうもスタートから看板に偽りありで、目の前の料理は豪華すぎる。しかし明日《あした》のことはまだよくわかっていないから、せめて最初の日のこの裕福を十分享受して全員栄養をつけておこう、とりあえず近くにいる我々の仲間にそういう伝言をだす。とくに北海道にしかないモンゴル料理「ジンギスカン」を残さないこと。

ちょうどそのあたりで今回一番世話になった西川良の〝ご学友〟藤沢一雄さんがやってきた。本業の酒屋さんの仕事がようやく一段落ついたらしい。みんなで一斉にお礼する。

物乞いのキメのセリフは「おありがとうございい」だが、もうだいぶ飲んだり食ったりしてしまっているので「ごちそうさまでござい」だ。

林仁奈さんという若い女性がおれの隣にすわって挨拶《あいさつ》した。馬が好きで仁奈さんは日高町にある「優駿《ゆうしゅん》学園」に入学したらしい。そして時間をみつけてはこの藤沢牧場に手伝いにきているそうだ。

おれの本をたくさん読んでいて、おれがあちこちで馬に乗って旅をしていることを知っている。外国が多いが、実は北海道をクルマなどではなく馬でひとまわりするのが夢である。

ずっと若い頃、NHKの番組で「馬で襟裳《えりも》岬ひとめぐり」というのに出たとき、その片鱗《へんりん》を味わった。テレビだから、半島ひとめぐりといいながら三分の二は馬運車に馬をのせて「なかぬけ」させてしまう。ときどき襟裳岬にむかう道を馬に乗って走っ

◀物乞い旅の最初の宿泊地は静内の藤沢牧場だった。夕暮れが迫っているので各自とにかくテントを張ってしまう。後ろで「なんだなんだ?」と興味深く見ているのが道産子のロッキー。

▲竹田がまずロッキーに一晩やっかいになります。と挨拶に行った。お近づきのしるしにニンジン一ケ。

◀ロッキーは笑ってすぐに食ってしまう。しかしなかなか次のをよこさないので怒って前蹴りの体勢。すいませんすいません。竹田怯えてあとずさる。

▶我々のテント地から眺めた藤沢牧場の宴会場。まわりをクルマがとりまいているのはおじさんたちのこれからはじまる酔っぱらいの醜態を馬たちに見せないためだ。(たぶん)

◀北海道に行ったらオレにまかせておけ、と豪語していた太田トクヤ。なるほど太田人脈が確実に機能してビールやワインがどさっと届いていた。その前で得意になる新宿の居酒屋の帝王。

▶なんとサーバーからいれる本格的な生ビールが用意されていた。さらに「北海道といったら！」のジンギスカンがどさっと並んで煙をあげている。

◀椎名本の愛読者という優駿学園（馬を世話する人を育てる学校）に通っている林さんが待っていた。宴会前に馬についての話をする。

ていく。

街道を馬で走ると、フルスピードですれ違うトラックなどが馬に乗っているほうは怖い。でも馬は敏感で頭がいいので、むこうからじわじわ接近してくるモノや音については馬のほうがそれなりに用心してくれて安全なのだ。むしろ、道ばたに落ちていて反射して光るガラスのカケラなどを急に見るとびっくりして横に飛びのいたりして、そこにトラックがやってきたりするとそのほうがはるかにあぶない。馬の旅はやはりモンゴルやパタゴニアのあたりの道ひとつないところがいい。

生ビールを飲みながら互いに好きな馬の話を若い娘《こ》としているなんて思いもよらない展開であった。まわりをみると我々と牧場の人々がそれぞれ楽しそうに飲んでいる。そのまわりを夕闇がゆっくり覆いはじめている。

そのうちになにやらスピーカーで叫ぶやかましい声が聞こえてきた。このあたりはいま選挙戦の真っ最中なのだろうか、などと思っているとその叫び声はどんどん脅迫的に接近してくる。

まったくうるさいバカ親父め、と思っているとそのバカ声はさらにそばに接近してきた。

「シーナーマコトさん、ただいまやってきましたあああ！」

バカ声はなんとそんなコトを言っている。何かの聞き間違いではないかと思っているとコンちゃんが「なんだかヘンなクルマがここへの坂道を上がってきます。幟旗《のぼり》をたてて、クルマにいろんな幕が張られています。あっ、ハコ乗りしている親父がマイクで叫んでいますよ」と報告する。

「やってまいりました。ついにやってまいりました。室蘭から、はるばるやってまいりましたあ！　室蘭ほっちゃれ団でえす！」

スピーカーの声は明確にそう叫んでいる。なんだかわからないので竹田がブブゼラで応戦している。

そのうちに二台のクルマが牧場の中に入ってきた。一台のクルマのフロントには「椎名誠」と、おれの名前が大書きされていて、もう一台には「天下無敵・ほっちゃれ団参上」などと書いてあるようだった。後部には二本の旗指し物。

なんだなんだ。

みんなビールコップを持って立ち上がってしまった。おお、なんと室蘭のケンカと遊び仲間がやってきたのだ。ハコ乗りしてマイクで叫んでいたのは室蘭のゴーストタウンアーケードで花屋をしている日栄均《ひえひとし》さん。遅い午後にオコメを持ってきてくれた白川さんの姿も見える。我妻静夫《わがつましずお》さんは室蘭市議会の議長さんだ。総勢五人。まるで殴り込みだ。
かれらはクルマから降りるとトランクからなにやら出してヒラヒラと横に広げた。長い紐《ひも》の先にソウハチガレイがぶらさがっていて、そこにおれの誕生日を祝うコトバが書いてあった。幼稚園のお祝い装飾みたいだ。三日ほど前がおれの誕生日だったのだ。いやはや室蘭の人々は情が厚い。
運転手をのぞいてさっそく生ビールを飲んでもらう。
彼らから新たな「施し物」があった。
クロソイの刺し身
カジカ汁
毛蟹《がに》（十一パイ）
ソウハチガレイの干物（いっぱい）
室蘭ヤキトリ（といいつつ豚肉）どっさり
室蘭カレーラーメン（二十人前）
うずらのプリン（四十個）
これはすぐにその宴会に出されたり食べきれないものは我々の明日からの食料ストックに回された。「物乞《ものご》い旅の成果たるや初日から凄《すご》いものがある。

◀▲予想されない出来事が。なにかうるさい街宣車のようなものが接近してくるな、と思ったら「室蘭」から二台のクルマに分乗した「室蘭ほっちゃれ団」のめんめんが幟をたてハコ乗りマイクでがなりたてながら「ただいま参上！」と乱入してきた。乱入隊に乱入してどうする。

▼▶三日ほど前、シーナの誕生日だった。船で一泊などしているうちに本人も忘れていたのだった。ソウハチガレイに「おめでとう」の文字を張りつけた幼稚園的誕生祝いディスプレイに、関係ないけど「室蘭カレーラーメン」の幟。シーナを真ん中に室蘭乱入隊との記念撮影。

あらたな客の加入でビアガーデン状態になって屋外宴席はバクハツするくらいの賑《にぎ》やかさだ。コーフンして竹田が再びブブゼラを吹きまくる。コラ、馬が驚くからやめなさい。

仁奈さんに案内されてこの牧場の厩舎《きゅうしゃ》に行った。ちょうど子馬が二歳ちかくなるころで、五組ほどの親子がそれぞれくっついて可愛い。

仁奈さんが中にはいると子馬がキスをしにきた。けっこう熱烈なディープキスだ。これはほかの仲間のバカたちに見せられないな、と思ったら、反対側からいきなり西澤が入ってきて、母馬に厳しく威嚇されていた。西澤おののく。

その日はサッカーのワールドカップ、オランダ戦が八時半からはじまり、サッカー好きはテレビのある事務所に詰め掛けた。

数日前までアフリカで各試合を取材していた竹田が本日はじめて真剣な顔をしてテレビを見上げている。竹田も真剣な顔をすることができるのだ、と感心しておれは自分のテントのほうにむかった。室蘭ほっちゃれ団の狂乱親父らは毛蟹をかじってはカレイの干物をうちわ代わりにさらに元気になっている。ちゃんと帰れるのだろうか。

ヒロシが全体のホスト役をやっているようで、笑い声がたえない。それを聞きながらおれは自分の小さな黄色テントにもぐり込んで横になった。貧乏物乞い旅は「裕福

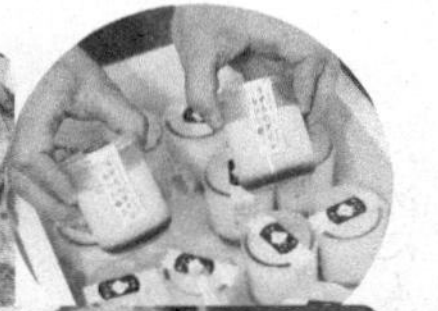

▲祝いの品のかずかず。高級魚である生きたクロソイ、うずらのプリン、毛蟹どっさり、焼鳥ふう串刺し豚肉？、手早くつくられる室蘭カレーラーメン。

▼クロソイは室蘭市議会議長の手でさばかれる。上品に脂の乗ったなるほどうまい魚だった。

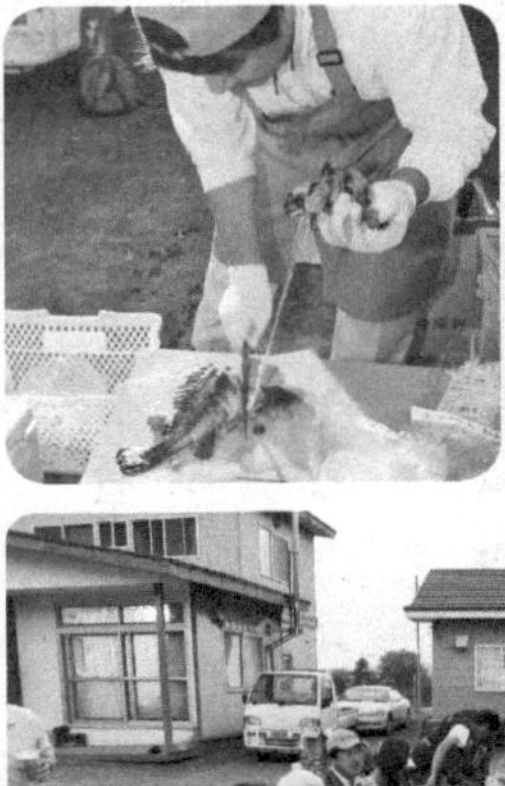

◀牧場の仕事をしていた人もやってきた。一気に人数が増えて野外ウエルカムパーティはたいへんなことに。えー本日はお日柄もよく毛蟹も沢山あつまりまして……。誰かが突如として演説的挨拶を。

タカリ旅」の色合いになっているのではないのか、という若干の戸惑いと反省もある。いくらか離れたところからの喧騒《けんそう》を聞きながらじきに深い眠りに入った。

お馬のけいこ

乱入二日目。六時に起きた。六月とはいえさすがに北海道。空気がきっぱり冷たくて酒をたくさん飲んだ朝とは思えないほどカラダがシャキンとしている。顔を洗いがてら牧場のほうにいくと、もうみんな働いている。主に厩舎の掃除と馬を放牧する仕事のようだ。仁奈さんもいた。

働いている皆さんに挨拶《あいさつ》して、七時には藤沢牧場を出た。基本的にぐうたら軍団の我々としては、素早い撤収作業だった。西澤が全体リーダー、コンちゃんが副長としてうまく機能してきたようだ。

その日は藤沢牧場の紹介で、そこからわずかな距離にある「にいかっぷホロシリ乗馬クラブ」で全員の乗馬訓練があるのだ。

十五分ほどで広大な馬場訓練場のある乗馬クラブに到着した。朝早いのに我々のためにもう係の人が来ていた。事務所にはストーブがついている。

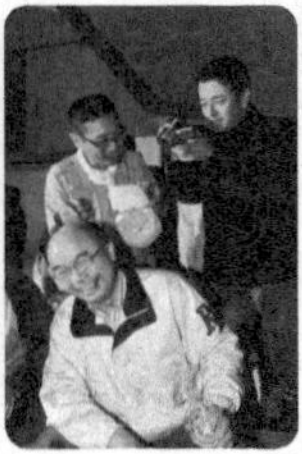

◀親父宴会ははじまったらもうとまらないやめられない。みんなどんどん子供になっていく。子供はこんなにめちゃくちゃには酔わないか。とどまることのない笑いの破顔は子供にはできない。

▶宴会場の隣の厩舎に五組の親子馬がいて、この騒々しさに「なんだなんだ」と落ちつかない。

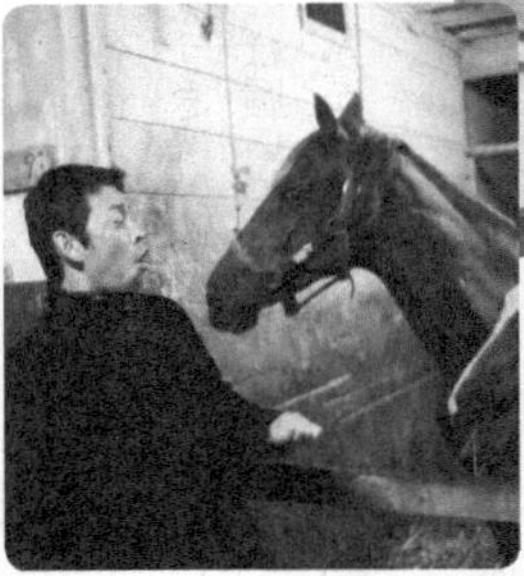

◀大丈夫だよ。バカなおじさんたちはもうじきみんな倒れて静かになるからね、と西澤隊長が入っていくと「わたしのムスメに近寄らないで」と親馬に恫喝され、倒れそうになる酔いどれ隊長だった。

▶この日ワールドカップのオランダ戦。竹田をはじめ落ちつかない人々がテレビ観戦の時間となった。

しばらく馬の話をして、それから各自足のサイズに合わせて乗馬靴をはく。サッカー選手だった竹田のフクラハギが太すぎて特大靴でも入らない。海仁は足が大きすぎて入らない。しょうがないので二人は履いてきたトレッキングシューズのまま乗ることになった。鐙《あぶみ》に靴ヒモなどがひっかかるとあぶないが、初心者なので「お馬のけいこ」ぐらいにすることにした。

これだけの人数だと一二万円の料金がかかるが、ここでの体験を本に書くことと、何故かおれの乗馬姿を写真にして送ることでサービスしてくれることになった。勿論《もちろん》これは藤沢牧場の主人からのサポートがあってのことだろう。

早速まだ空気の冷たい外馬場に出た。久しぶりの馬の上は気持ちがいい。ぼくは上品なイギリス風、イースタンの乗馬ははじめてで、ちゃんと乗馬帽をかぶるのもはじめて。

いままでは米国流のあらっぽいウェスタンの鞍《くら》とその乗り方ばかりだったので、なんかこそばゆい。ここの馬は数頭のアラブを除いてみんなサラブレッド。そしてみんな優秀な成績をおさめている競走馬ばかりだ。おれにあてがわれたのは五三戦して一一勝、総賞金六億一三二六万円を獲得しているというダイワテキサスというお名前のサラブレッドだった。タハタハ。そんな偉い「お馬さま」におれなどが乗っかってしまっていいのだろうか。降りてうしろから紐につながれて後をついていったほうがいいのではないだろうか。

柵《さく》のなかの練習場をひとまわりして、みんなで「お馬のけいこ」。まったくはじめて馬に乗るメンバーもいて緊張した顔をしている。おれが生まれてはじめて馬に乗ったのは二十年ぐらい前のパタゴニアで、ジープが故障したところに氷河崩壊の洪水が突然やってきて、そこから逃げるために乗った命がけの脱出行だった。とにかくしがみついて走った。落ちたら洪水に巻き込まれて死ぬのだろうな、とわかっていたので、必死だった。おかげで三時間ぐらいですっかり自在に乗りこなせるようになった。

あこがれていた四百頭ぐらいの牛を移動させるカウボーイの旅もブラジルのパンタナールで体験した。三泊の旅。カウボーイ映画のように夜は焚《た》き火を囲んでウイスキーを飲み、ギターかハーモニカでみんなでワイオミングの歌をうたう、なんてことはただの一夜もなく、めしを食うとみんな疲れているのでそのまま寝てしまった。おれも足が完全にガニマタ化しているので寝袋の中で足を伸ばすのさえ苦痛だった。

今回のメンバーのなかではヒロシが外国のあちこちで乗馬経験があり、太田はモンゴルで何度か乗っているから落ちついていた。といってもモンゴルの馬は牧場主が適当にいろんな馬に乗って人間を乗せる感覚を覚えさせる程度で、本格的な調教などし

▶すがすがしい藤沢牧場の朝。室蘭ほっちゃれ団はどこかに去り(たぶん室蘭)、物乞い旅のめんめんもテントのなかでやすらかに。朝霧がゆっくり流れていく。

◀今日は近くの「にいかっぷホロシリ乗馬クラブ」でみんなでお馬のけいこをする。正統的なイースタンなので、乗馬帽もキチンとかぶる。問題は乗馬靴のサイズであった。

◀▲サラブレッドなお馬さまの前に新宿ホームレスタイプのおじさんたちが並ぶ。おれ馬はじめてだから乗るよりもこのままサラブレッド様を綱でひいて歩き回るだけでいいす。と誰かが言っている。

◀まずは柵にそってグルリとひとまわり。おお、お馬さまが動いている！

▶続いて林道のなかに入っていった。おお、馬の上に乗ってなんと空中を移動している！

◀世界のいろんな馬に乗ってきたシーナが林道を突っ走る。風を切りさいてこのまま荒野の風になるんだ。

ていない。だから個性によって相当乱暴な馬もいて、そんなのをあてがわれ、そいつが機嫌が悪かったりすると、乗っている奴をふり落とさんと猛烈なイキオイで突っ走ることがある。

ここちのいい林の中を軽く走った。ヒロシが待ち構えていておれたちの写真を撮っていた。調子が出てきたのでおれはもっともっと奥地に入って突っ走っていこうと思った。馬は先頭の馬が突っ走るとあとの馬も続いて走っていく性質がある。一人ぐらい落馬したほうが話になるんじゃないかな、と思い、密《ひそ》かにムチを入れた。もともと競走馬だから馬そのものが突っ走りたくてしょうがないのだ。

「ひぇぇぇ」

「あぎゃあああ」

という声が背後でした。背後の馬たちがスピードをあげているのがわかる。しかし残念ながらみんなしぶとく鞍にしがみついていたらしく誰も落ちるものはいなかった。

もうすこしで頭から落ちそうだった西澤隊長が「お馬のけいこおわり。まもなく出発」と叫んでいる。

そうだった。今日はまだ西澤の『自遊人』の百年食堂の取材の後半が残っていて釧《くし》路《ろ》までクルマを飛ばさねばならなかったのだ。その日の食堂は有名な「日本蕎麦《そば》屋」

であったが、釧路と聞いて急に胸騒ぎがした。釧路ならば行かねばならないところがある。絶対に行かねばならないところがあったのだ！

漁師小屋・豊穣の大酒宴

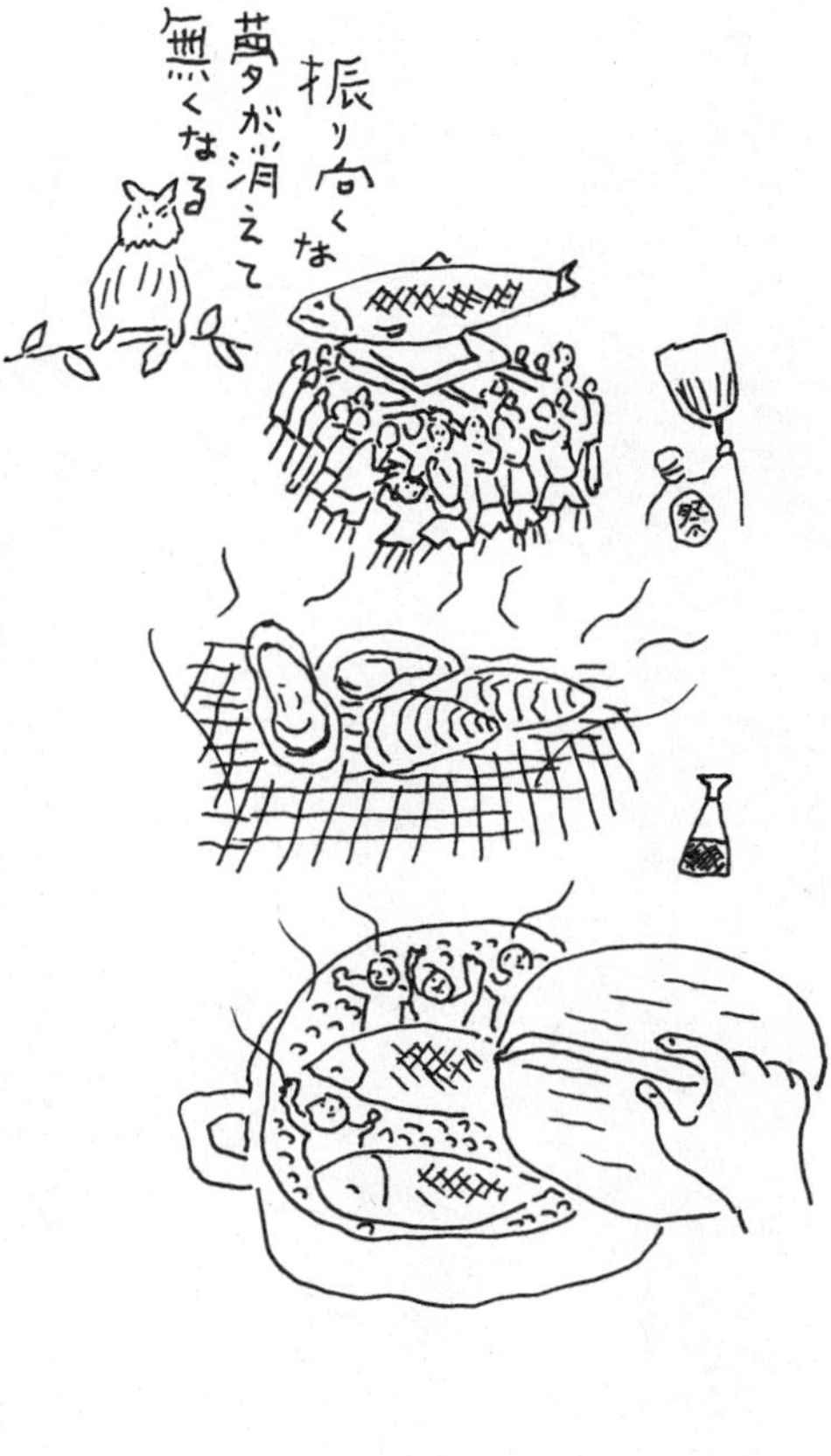

釧路タンメン突撃隊

長い付き合いだが、今回の旅で齋藤ヒロシ君が何かモノを無心に食っている姿をみていたとき「あっそうだったのだ」といきなり激しく気がついたことがある。

それは「食うこと命」の道をひたはしる彼の本質は「犬」だったのだ――ということである。

齋藤ヒロシ＝犬説

の根幹をなすものは「マーキング」である。正確には「精神のマーキング」で、片足あげてやっているアレとは少し違う。状況によっては確実性を増すために片足あげのアレも密かにやっているときがあるのかもしれないが。

彼の生命の本質に迫るような大きな発見だった。彼は旅をして食った日本中の食いものを忘れない。店の場所も信じ難いほどよく覚えている。一度うまいものを食ったらその年度や日まで記憶してしまう。たぶん食味感触機能をつかさどる彼の脳にそういう店がひとつひとつ丁寧に確実に「永久記憶」されているのだ。

ヒロシ君はふだんまことに性格温順、人づきあいもいい、言いつけもよく聞く。ヒトコトでいえば素直な性格だ。医学的見地から言って興味深いのは、その温和な精神神経の内側に、なぜあのような攻撃的ともいえる「食物記憶」がホウマンキュラス的順列（脳の中に沢山の専門記憶家がいるような状態）でそこから適時に正確にカピオー（引っ張り）収納されているのだろうか。

たぶん彼の大脳辺縁系の嗅皮質内部にある嗅索《きゅうさく》と中脳水道、俗にいうシルビウス水道が常人にくらべると異常に発達鋭敏化していて、上吻合《ふんごう》静脈（トロラー静脈）と下吻合静脈（ラベ静脈）が食物を察知したときに異常振動し、それがナノミクロン単位の緻密《ちみつ》さで記憶中枢に蓄積されていくのだろうと思う。これは興奮したときの脳に共通してもっとも活性化される大脳皮質の犬的特殊機能だ。

「おい、ヒロシ。釧路といったら何だ？」

おれはこのことに気がつくと、荷造りの終わった二台のクルマの前で興奮を抑えるようにしていった。

「ジンです。ジンです」

飛び跳ねながらヒロシは即座に答えた。さすがだ。

「おお、よく反応した。おまえはいい子だ。ちゃんと覚えていたんだな」

「ワン、ワン」

嬉《うれ》しそうにヒロシがそこらを走り回っている。そうなのだ。釧路ときいたら人間は「ジン」なのだ。犬だってそう言っている。

正確には「仁」と書く。

釧路のわりと郊外にある「ラーメン屋さん」だ。ナポリの夜景を見ずに死んでもいいが、釧路の「仁」のタンメンを食わずに死んでしまう人ほど可哀相なことはない。

おれはこの店に確実に二十回は行っているだろう。東京に住んでいて釧路までタンメンを二十回も食いにいった人間がいることを読者はもっと深く重く受けとめてもらいたい。

なかには「バーカ」と言っている人もいるだろうが、それは「仁」にいってひと口麺《めん》をススリ、つゆをひと口飲んでからにしていただきたい。

一杯はたちどころにその人の胃のなかに入り、おれに『釧路といったらなんだ？』と質問されると、すぐに『ジン』と答え、コーフンしてハーハー言いながらおれに鼻面をすりよせてくるだろう。

そういう店なのだ。

もっとも二十回行ったのは本当のことを言うと全部仕事がらみだった。

そうだ。一番最初はやっぱりそこでも「馬」だったのだ。

むかし、BSで「清流伝説」という力のこもったドキュメンタリーの取材を依頼された。おれは東京から北海道までを。カヌー親分の野田知佑《のだともすけ》さんは東京から西の川を分担してもらって、双方約一年かけて、日本の主な川のロケをした。タイトル通り全部きれいな川だけを旅した。

北海道はもちろん「釧路川」である。おれだけで全部で五、六本の川を担当したが、
野田さんがカヌーに乗って南の川を下るのにたいして、おれは馬で川べりを逆上っていった。

釧路川には四季にわたってやってきた。

釧路川には四季にわたってやってきた。釧路湿原やその周辺の山の尾根をおれは一人で馬で駆けめぐった。ヘリコプターに乗ったカメラがそれを撮影していった。

そうだ。あれはもう十年ぐらい前になるだろうか。完成した番組は十時間を超えて、何度も放映されたようだが、控えめなナレーションはあるものの、出演するぼくや野田さんの発言はいっさいないので環境ビデオのようになった。その釧路川撮影のおりに、おれたちスタッフは「ひるめしは仁」と決めていて毎日通ったのだ。

そのあとすでに書いた『週刊現代』でやっている「海を見にいく」で釧路に接近したとき、海からかまわずどんどん内陸に入っていって「ひるめしは仁」とおれは言い、いつも同行していたヒロシがイッパツでここのタンメンにひざまずき、帰りにブロック塀に小便をしてしっかりマーキングをすませた。

それから数年後今度は『小説新潮』で「麺の甲子園」というテーマで本当にうまい麺を求めて全国を歩きまわり、勝手に各地域でトーナメント戦をおこない、最後に「地区優勝麺」同士がトーナメントでタタカウ（と言ってもおれたちが議論するだけだけど）全国大会を誌面上でやったのだ。

ラーメンから蕎麦《そば》、ウドン、スパゲティ、ソーメン、ヤキソバ、トコロテン、ハルサメ、クズキリ、イトコンニャクまで細長くてススレルものにはすべて参加資格を与えた。大会主催者（おれたちだけど）は太ッパラなんだ。その二年がかりの日本全国の「うまい麺」さがしとその壮大なトーナメント戦を五人の麺食い団で食い歩き、決めていった。当然おれは「釧路なら仁のタンメン！」と推薦した。

このとき「仁」は北・北海道ブロックに出場し五つの麺と戦った。しかし優勝候補「仁」がクジビキで一回戦であたったところはなんと「和寒《わっさむ》の越冬キャベツの千切り」という大会参加規定ギリギリ（ここでいう麺とは本来の麺の定義よりおもいきりフトッパラに解釈を広げ、細長くて・口にいれると唇のところからすぐに下に垂れ下がり・スレルもの）という条件だった。だからやたら長いモヤシとかキリボシダイコンなどもエントリーさせた。

口にいれたら唇のところからすぐ下に垂れる、というところが大事だった。そうでないと土地によってはハリガネとか五寸クギなどが乱入してくる危険があったからだ。

「仁」は和寒の細切りキャベツなどなんなく一回戦で打ち破ったがあまりのイレギュラーな対決に調子を崩したのか、二回戦で強豪、旭川《あさひかわ》ラーメンの「蜂屋」とぶつかり惜敗した。そしてこの「蜂屋」がブロック優勝したのである。

（くわしくは『すすれ！　麵の甲子園』（新潮文庫）をすぐさま読むように）

日高《ひだか》山脈を越えて

ヒロシは雑魚《ざこ》釣り隊のみんなに「仁」とはつまりそういう店なのです。ワンワン。と激しく吠《ほ》えながらみんなのまわりを走りまわった。

そうしてその日雑魚釣り隊は日高山脈を越えて釧路まで一路、約三百キロを走破したのである。

到着は三時になった。西澤の厳しい命令でみんな何も食っていないから誰しも気も狂わんばかりになっている。

「仁」は釧路郊外の住宅地にあるのでなかなか見つけにくいのだがそこはヒロシのトロラー静脈やラベ静脈が活発に反応し、ヒロシのブロック塀にこびりつけたマーキングもまだ効いていて、我々は匂いを頼りに唸《うな》りながら全員ほぼ同時に到着した。

駐車場にはなんと雑魚釣り隊の「香山光《かやまあきら》」が待っていた。かれはその日、東京からやってきて我々と合流し、しばらくつきあってまた飛行機で東京に戻るというさすらいの麵喰い野郎みたいな参加をしたのだ。

香山は講談社の社員で、例の「海を見にいく」のときのレギュラーチームの一人。つまり香山もこの釧路の「仁」のタンメンからの訓蒙《くんもう》忘じ難く、わざわざヒコーキでやってきた、という訳なのである。雑魚釣り隊では唯一の関西人で、おれはこの香山の下品な関西弁を聞くのが好きだった。

とくにむかしの難波《なんば》球場で近鉄対南海の試合などがよかったらしい。外野の選手に、

「おんどれ目玉と金玉ついとんのかあほんだれ。さっきの球走ればとれたろが。金かえせ、コラあ！」

などと言いたい放題の悪態をつく。もともと外野席など常に客が入っていないから

酔った関西親父の声は外野中によく聞こえていたらしい。しかし言っていることが乱暴で、ライトを守る選手がレフトに飛んでいった球を黙って動かずに見ていたことに文句をつけていたりするのである。香山はそういう親父のモノ真似をし、それだから面白くてたまらない、と言っているのだが、そういうことをやっているのは実は香山本人なのではないのか、と密《ひそ》かにおれは疑っている。

香山は女満別《めまんべつ》の空港に着いてから携帯電話で本日の待ち合わせ時間を聞き、勝手知ったるこの店の前で、これもまた少々太った忠犬のようにひたすら本隊の到着を待っている予定だった。しかし場所やタンメンこそ記憶に大きいが、一回しか行ったことがない。ヒロシと違って大脳皮質に食物記憶のホウマンキュラス的順列が作られているわけではない。

だいいち店の名前や場所など基本的なことがらははっきりわかっていなかった。

しかしレンタカーのカーナビがある。

店の名さえインプットすれば難なく到着できるだろう、と彼は単純に解釈した。そして携帯電話で聞いたのだが。聞く相手を間違えた。

ヒロシならよかったのだが、そのときなぜかヒロシの電話は通じなかった。そこでコンちゃんの携帯電話で聞いた。

コンちゃんは「仁」を正確には知らない。店の名も実はうろおぼえでとにかく「タンメン」しかはっきりした記憶はない。

「たしかゲンという店です」

適当なことを教えた。

香山はレンタカーのカーナビに「ゲン」と入れた。すると「栃木県の宇都宮」にある、とカーナビは教えるのであった。

記憶力はないが香山もバカじゃないから、まずそんなことあんめい、と疑問を返す。何回ものシラベとヤリトリがあってようやく「ジン」だということがわかった。カーナビに入れると「鳥取《とっとり》」という地名がでた。

混乱する香山。バカたちはさらに何度か相互に問い合わせて、目的の「ジン＝仁」は釧路市鳥取というところにあるのだということがわかった。

やっと本当の場所が判明し、一足先に到着し腹が空いていただろうに抜け駆けもせずに「タンメン」に忠誠をつくしてじっと我々のやってくるのを待っていたのである。

「ワン！」

我々の姿を見つけると彼はアルプスの少女ハイジのように嬉《うれ》しそうにスキップしながら飛び出してきた。

かくして九人、全員両手を左右に泳がせるようにして「仁」に迫っていく。もし、その日「仁」が臨時休業でもしていたら我々は全員でこの店の入り口の戸などを噛《か》み破り「うー」などと唸《うな》りながらトモグイぐらいしていた筈《はず》である。

このように釧路タンメン突撃隊のようにして我々は店内突入。すでに三時すぎで繁忙時間を外していたので無事全員すわれた。

二十回もこの店に来ているのだから店主はおれの顔をもう覚えている。

しかしいつも体の大きな親父ばかり大勢でやってくるので、ここらで土木建設の仕事なんかやっている現場監督の人だな、などと思っているフシがある。いつもこのヒト色黒いしな、全員、東京から、わざわざおたくのタンメンをここに食いにきたんですよう、と言っても信じてくれないだろう。

おれはむかしから運動部のリーダーをやっていることが多かったので、大勢の男どもとこういう店によく入る。

大勢がメニューを見てそれぞれ違ういろんなものを口々に注文して店側を混乱させるのが大嫌いなのでおれは必ず「全員カツドン！」とか「全員ラーメンライス！」と叫んで抜け駆けを許さなかった。その日もおれは「全員タンメン大盛り！」と叫んだのだが、ヒロシだけ「あっあの、ぼく、ぼくは五目メン」などとほざいた。こいつは本来は犬のくせに食い物を目の前にするといきなり自己主張がはげしくなるのだ。

厚岸《あつけし》のデカ牡蠣《がき》逆上食い放題

満足して全員外に出てきた。貧困物乞《ものご》い旅とはいえ無銭飲食ではないのでカネは使ったがもともと昼飯はどこかの店で食うことにしているからこういう予算は織り込みずみだ。

「うまかったかあ」

おれは強引に全員をここに連れてきたので、責任上そう聞いた。全員満足したようである。

感動した西川が店の前で演説している。

「どちらかというとタンメンは東京などでは冷遇、というかB級というか、なかにはメニューにない、滅びゆく食い物のイメージですが、ここのはうまい。日本のタンメンは場所によっては存亡の危機にあるといえますが、この〝仁〟があるかぎりタンメンの灯は消えないでありましょう。わたくしは本日そのように確信し、この仁という店がさらなる躍進を果たし、日本のタンメン界の金字塔になるべく、ますます発展していくよう大いに期待のエールをおくるものであります。次なる釧路の議会選挙において何らかの形で我々が釧路を愛するのは『仁のタンメンがあるからだ！』ということを強くここに改めて激しく訴えていきたいと考えている所存であります」

なんだかわからないけれど西川を取り囲んで全員拍手。

新たに店に入ってくる地元の人が不思議な顔をして我々を横目に見ながら暖簾《のれん》をくぐっていく。あきらかな営業妨害だ。

ここで、おれ、西澤、ヒロシ、海仁の四人はもう一度『自遊人』の「百年食堂」の、北海道二軒目の店の取材で別行動をとることになった。この連載は二軒取材してまとめて一回分というふうになっているのだ。

次なる店は「竹老園《ちくろうえん》　東家《あずまや》総本店」で釧路市内にある。明治七年開業の老舗蕎麦《そば》屋である。今しがたたっぷり食ってしまったので、三十分も経ずにまた麵《めん》類というのは苦しいところがあるが、別に全部食べなくてもいいし、なんといっても我々にはヒロシがいる。カーナビに指示されるまま着いたところがびっくり仰天の、大きくて立派な御殿のような店であった。

これまでこのシリーズで取材した店では一番ゴーカかもしれない。なにしろ観光バスなどがやってきていちどきに百人ぐらい簡単に入れてしまうのだ。池があり、築山

▲釧路といったら「仁」のタンメンだ。
タンメンといったら釧路の「仁」だ。

▲友よ、これが仁のタンメン大盛りだ。
もうなにも文句ありません。

◀全員タンメン大盛り！と言ったのにヒロシだけが五目メンなどとゴニョゴニョ言った。ダフ屋っぽい野球帽の男が香山。新宿でダークなスーツで我々を見送ったときとは別人のよう。

▼なぜか大仏あり、庭園あり、築山あり、池ありの謎のようなゴーカな蕎麦屋さんであった。

▲その日「百年食堂」取材班は竹老園で日本蕎麦のフルコース。ヒロシだけが食った。

があり、なんだかありがたそうな大仏の前を通って中に案内された。

ここでのこまかい話をどうしてもしろ、という人がいたら取材した雑誌の記事がもうじき単行本にまとまるからそれを見ていただくとして、ここでは注文したものだけをあげておこう。

蘭切り蕎麦、かしわ蕎麦、そば寿司、茶蕎麦、もり蕎麦などなど自慢の品である。人気の店だからたちまち出されてきたそれはいずれもうまそうだが、おれは「仁」ですべての胃力を使い果たしているし、海仁はもともと食が細い。西澤はご主人の話を聞く用がある。

注文したものは次々にはこばれてくる。ヒロシがそれを撮影し、のびないうちにヒロシがみんな食う。

海仁がヒロシにその感想を聞き取材ノートに書き付けながら少しは食べるがとても戦力にはならない。おれは最初からギブアップ。老舗名店の自信作だから残してはまずい。ヒロシ、次のがくるまでに必死に食う。やがて次のがくる。ヒロシ撮影する。のびないうちにヒロシが食う。次のがくる。ヒロシ食う。食っても食ってもまだまだ食える。犬はよろこび庭かけまわり猫はこたつで丸くなってもヒロシ食う。

ヒロシの腹が極限まで丸くなったところでようやくその日の我々のノルマである取

材が終わった。あとでわかったのが、我々と別れた別動隊はみんな風呂屋を捜し、そこで汗を流し、運転しなくていいものはビールを飲み、ウィーップなどとやっていたらしい。別動隊のリーダーはたいていコンちゃんになるがおれたちが仕事をしているときは、コンちゃん部隊はとにかく風呂にむかう、という行動をしている、ということはやつらの固いヒミツになっていたようだが、再集合したときのやつらの妙にツャツヤした顔、濡れたタオルなどで間もなく判明していったのである。

その日のおれたちの集合場所は厚岸の大橋のそばの海岸近くだった。

そこは事前に東京で「北海道物乞い地図」を作っているときに必然的に有力候補地となったところだ。室蘭のときと同じようにヒロシなどおれたち「海を見にいく」取材チームで「腹へったあ」(主にヒロシ) などといいながら偶然迷い込んだところにずっと続く海岸べりの小道があった。

まだ本格的な雪の季節の前だった。夕暮れになってきて「腹へったあ」(主にヒロシ) と悲痛にうめきながら歩いていったがそろそろ取材を終えて宿に帰ろうか、と思った。おれはそのシリーズでは、日本の海沿いの風景もさることながらとにかく沢山の「人間」を撮りたい、と思っていた。

日本中のいろんな「人間」。その土地らしい風貌《ふうぼう》と表情。そういうものを撮影対象の基本にしていた。けれどその日はまだ「これだ！」といった表情の人の写真を撮っていなかった。この季節の夕方の風は冷たい。夕陽はどんどんおちていく。沢山の漁船が海から陸の上に引き上げられている船揚げ場の前の小道をいくらか焦る気持ちで歩いていくと、そこに木の燃えるいい匂いが冷たい風に乗って流れてきた。

その小道は漁師小屋が並んでいるところでその日殆《ほとん》どの小屋は閉まっていて無人だったが、一軒だけ灯《あかり》がついていて、しかも「いかにもこれがエントツである」という先端がT字型をしたブリキ製の傾いたエントツから先程のいい匂いのする煙が浜風に吹き流されていたのだった。

中から人の気配がする。

しめた「人」がいる！

でも、いきなり「こんちわ」などと言って訪ねていくわけにもいかない。柴又の「とらや」の店の前を行ったり来たりしている寅さんみたいになにげなくブラブラその前を通りすぎ、また戻り、みんなで中の様子をチラチラ窺《うかが》った。

漁師らしい人が二人とおばちゃんがストーブを囲んで何か焼いて食っているらしい。なかなかいい風景だ。少しとおりすぎてまた戻りながら中の様子を見た。すると体の大きな、いかにも「海の男」といった感じの青タオル捩《ね》じり鉢巻きが、番小屋から出てきて「なんだオメーラ。なんか用か」と言った。

思えばおれたちの態度はあまりにも怪しすぎた。

「いや、別に用というものはないんですが、しかし、あるといえばあるような、ないといえばたちまちないような……」

一番近くにいたレポーターがなんだか訳のわからないことを言った。

「なんだそれは。おめーの言っていることはなんだかわからねえぞ」

青ハチマキが言う。当たり前だ。

すぐにもうちょっと具体的に訳を話した。

「我々は雑誌の取材のための写真を撮ってあるいているんですけれど、いまこの前を通りかかったらなかなかいい風景なんで、その様子を撮らしてもらえたらいいなあと……」

「あんたらどこからきたんだ？」

「東京からです。週刊誌の取材です」

「えっ。あんたら東京からわざわざこんなとこさきたのか。そうか。いいよいいよ。中さ入れ入れ。これからどんどん寒くなるからな。おいかあちゃんマスコミにおれたちが出るぞ」

言われるままに中に入っていくと小屋の真ん中にダルマストーブがあって、その上の鉄板に大きな牡蠣《かき》が沢山並べられている。

「おっそうか東京からきたのか。それじゃ慣れねえから外は寒いべ。さあ、なかで牡蠣食え。ちょうどいいころだ」

北の海の男はとにかく話が早い。番小屋の中にいたのは茶髪の二十代半ばぐらいの息子さんと青タオル鉢巻き親父の奥さんであった。

我々全員嬉《うれ》しくなってストーブのまわりにすわった。ストーブの上の鉄板でブツブツ白いあぶくを出していた巨大な牡蠣を、小さな牡蠣あけの用具を使って一瞬の間にパッカンとあける。じゅうじゅういって煮える牡蠣汁のなかに厚岸の身の太いジャンボ牡蠣の身が湯気を吹き出しながらプルプル震えていた。

「ホレ食え。厚岸の牡蠣は七分焼きぐれえがちょうどいいんだ。ホレ食え」

そう言ってどんどんむいてくれる。我々がこの小屋に入ってきてからまだ三分もたっていなかった。

「あっ、そうだ、かあちゃん大事なもの忘れてた。ビールだ。ビールだせ。冷えてるのだせ。ビールのめんだろ」

もう完全にむこうのペースだ。続いてイカの一夜干しが出てきた。続いてホタテにイキのいいサンマだ。ひと息ついてハッと気がつきおれは写真を撮った。ヒロシが唸《うな》りながら十個目ぐらいの牡蠣にくいついている。

厚岸の牡蠣といったら日本一といわれている。殻も大きいが身もたっぷりしてプルンプルンしている。ここらの漁師はみんなこうしてたっぷり牡蠣食ってるから病気になんかならねえよお。

青鉢巻きの漁師は越野《こしの》克彦《かつひこ》さんといった。四十九歳。漁師一家に生まれて三代目。ここで三十五年漁師をやっているという。

親しくなってその晩の我々の夕食は番小屋の思えば最高に贅沢《ぜいたく》な炉端焼きになった。そして我々は言われるまま翌日もそこに行って牡蠣漁の現場などを取材させてもらったのだった。

牡蠣漁には「島」がある。という話が印象的だった。連れていってくれるというのですぐに船に乗らせてもらった。どこにどういう形をした島があるのか不思議だったが連れていってもらったところはただの海原だった。島というのはここらの「漁師専門用語」で、それぞれの海の中の区画であった。我々にはどこからどこまで、というエリアの範囲はわからないが「島」の持ち主はみんな海面を見ただけでわかるようだ。つまりは「なわばり」。他の漁師とのトラブルを避けるための知恵なのだろう。しかし、そういえばヤクザのナワバリも「シマ」といったなあ。

このときの取材は、このシリーズのなかで異彩を放っていい写真が撮れた。酔いながら、海の苦労やよろこびの話を沢山聞けたので、とくに我々の取材意欲に力がこもった、という背景もあるだろう。

厚岸のでっかい、うまい牡蠣三昧《ざんまい》

今回の「物乞《ものご》い旅」の訪問地として当然ながらヒロシは事前にこの越野さんにも趣旨を説明し、一晩あの番小屋のまわりの船揚げ場にテントを張らせてもらえないか、と交渉していた。こういうヒトとヒトとの縁は大事にするものだなあ、とおれは何時も思うのだが、おれはその取材を終えて東京に帰ってから越野さんにお礼の手紙とそのとき撮った写真を送った。奥さんと並んでいる写真だ。

「かあちゃんと並んでの写真なんて十五年ぶりだなあ」

としきりに照れるツーショットの写真などを送ったが、その一方でヒロシは自分のパーティ用に越野さんから何度か牡蠣を買って送ってもらっていたらしい。そういう後日のつきあいがあったから、その日の夕方到着した我々九人（香山が加入）を越野さんはこの前と同じように気持ちよく迎えてくれた。

ヒロシの事前の「食わしてもらいたいもののお願い」がちゃんと聞きとどけられていて、牡蠣どっさりは当然のこと、毛蟹《がに》やマスなどがいっぱい用意されていた。

おれたちはこの番小屋の前の船揚げ場のスペースにテントを張ろうと計画していたのだが、越野さんは「今夜はかなり強い雨になるぞお。ちょうど運のいいことに普段はコンブでいっぱいになっている乾燥小屋がそっくりあいているのでそこに寝たらいい」とまたもやありがたきしあわせなはからいだった。

越野さんは我々が二台のクルマから必要なものをはこびはじめるともう大量の牡蠣を焼きはじめている。

北海道生まれの太田トクヤが満面に笑みを浮かべて「ぼくも北海道生まれなんですよ。北海道はいいですねえ」

などといいながら越野さんのさしだしてくれるままにまだアチチすぎて素手では持てない牡蠣をタオルに包んで頬張り、ビールを飲んでいる。こういうとき新宿の居酒屋の帝王は人なつっこい顔と態度で、初対面の人ともすぐに打ち解けて話せるから我々は助かる。役割分担が自然にうまくいっているのだ。

おれもそういう場にはつきあったほうがいいと思ったので、作業は若いのにまかせて越野さんの最近の北海道の漁の具合や家族の話などを聞く役に回った。

「先生（便宜上こう呼ばれてしまう）おれはよう、今年六十になるのさ（本当は五八歳だったが）。だから来年はここ（越野水産）の経営者を息子とかわるんだわ」

「まだ早いんでないかい」

北海道生まれの太田トクヤは早くも北海道弁になっている。

「いいんだ。もうそろそろな。息子は三三だからよ。うちのじいさんが九二になる。だからおれんところは三十年でだいたいバトン交代だな」

越野さんはそういいながらどんどん牡蠣を焼いてはそれを素早く剝《む》いてしまう。荷物の運び入れがすんだ連中がその「うまそうすぎる」匂いに耐えきれなくなったらしく次々にダルマストーブのまわりに集まってきた。

ビールの缶があき、日本酒の蓋《ふた》がぬかれ、ウイスキーが茶碗《わん》にトクトクトクと注がれる。腹が減っている竹田や香山は機関銃バリバリ式にどんどん牡蠣を食っている。空腹のあまり頭はパーになりイキオイあまって牡蠣殻までバリバリ粉砕しているような音だ。世界牡蠣殻早喰いコンテストがあれば特訓して出場させたい。

「先生はいろんなところ行っているんだべ。アマゾンは行ったか？」

越野さんの話は唐突だ。

「ええ。わりと最近いきましたよ」

「ああいうところにはホレなんていったっけかハダカの人がいるんだってな」

「奥のほうに行くとインディオがね、むかしは裸族だったけどいまはみんなパンツ履いてますよ」

「それで何を食ってるの。そういうパンツの人は」

「いろいろですよ。そこらで捕れるもの。ナマズとかワニとか。最初の晩はサルでしたよ」

「あのサルかい」

「ええ。そのサル。毛皮むいて肉と内臓をぶつぶつ切ってジャガイモと一緒に煮て食ってましたね。サルジャガ」

「ピラニアも食うのかい。それとも人間が食われちゃうの？」

「人間は大丈夫。ピラニアは白身の肉なので焼いて食うとうまいですよ。ちょっと鯛《たい》のかんじ」

「先生は熊食ったことあるか。北海道の」

「食ったことあるけれど、あれは肉が固くてあまりうまくないね」

「そうだ。鹿のほうがうまい」

「そう。日本人はもっとエゾ鹿食ったほうがいいんですよ。害獣とかいってほうぼうで撃ち殺してそのまんまってとこあるもんね。鹿肉は国によっては牛肉よりもはるかに高級だったりするからね。日本は肉食文化は遅れているんですよ。百年前頃におそるおそる肉を食いはじめた肉食後進国だものね」

そんな話をしているうちに我々の仲間は全員ストーブをかこんでいた。竹田がアフリカから持って帰ったお土産の肉の塊があるが、なかなかそれを食うところまでいかない。

ちゃんちゃん焼きの夜が更ける

「それじゃあ、これから、あんたらが来るっていうんで用意しておいた飛びきりうまいもの食わせてやるからよ。うまくてうまくてすわり小便すんなよ」

越野さんは部屋の外から大きな魚を丸々一匹ぶらさげてきた。

「これはよお。クチグロっていってめったに捕れないやつなんだわ」

「富山のほうのクチグロとは違うんですね。形がぜんぜん大きいものなあ」

コンちゃんがしげしげと観察している。釣り雑誌の編集者としてのプロ意識か、単なる食い意地のなせる態度か。

「これは鱒《ます》なのさ。鱒のなかでも一番おいしいから漁師はとれたら市場にはださない。自分らで食っちゃうんだよ。とにかく漁師が一番うまいもの知っているからな」

大きな四角い鉄の盆のようなものがダルマストーブの上に乗せられ、野菜などと一緒にクチグロを左右にひらいたものがそこに乗せられた。それからなにか秘伝っぽいタレがかけられしばらく煮る。北海道名物「ちゃんちゃん焼き」だ。

「なんでちゃんちゃん焼きって言うんですかね」

と、ヒロシ。

「じいちゃん、ばあちゃんと母ちゃん、父ちゃんが焼いてくれたからじゃねえのかね。土地の食い物なんてだいたいそうやって代々伝わっていくもんだからな」

慣れた手つきで越野さんはちゃんちゃん焼きの全体を整える。その合間にもいろいろ話が続く。どうも無類の話好きのようだ。

「この頃はね、サケ、マスの網にアザラシがよくかかるんだわ。アザラシもうまいね。カレーにして食うけどな。先生はアザラシ食ったことはあるか?」

「四、五年前に北極圏ばかりいっているときがあってね、そのときは毎日アザラシ食ってました。北極圏の人は生で食うの。あれエスキモーの主食だから」

▶厚岸にいったら越野さんがいる。ヒロシがこの遠隔地を絶対外せないルートに選んだのはソコだった。番小屋にいくとダルマストーブはアチアチ状態で、巨大な厚岸カキがじゃんじゃん焼けていた。北海道人の太田トクヤがすぐに北海道弁でなじみ、たちまち熱い関係に。

◀網に入っているのをみつけると漁師はセリには出さず自分で食ってしまうのでなかなか市場に出ないマボロシの「極上鱒」は通称クチグロ。「まってろう。おめーらの食ったことのない北海道の本当のうめえもん作ってやっからなあ。うまくて腰ぬかしてすわりしょんべんすんなよ」

◀番小屋の隅には肉厚の大型カキがどっさり。隣にはヒエヒエカンビールがどっさり。こんなふうに日に日に贅沢旅になっていくのだ。いいのだろうか。

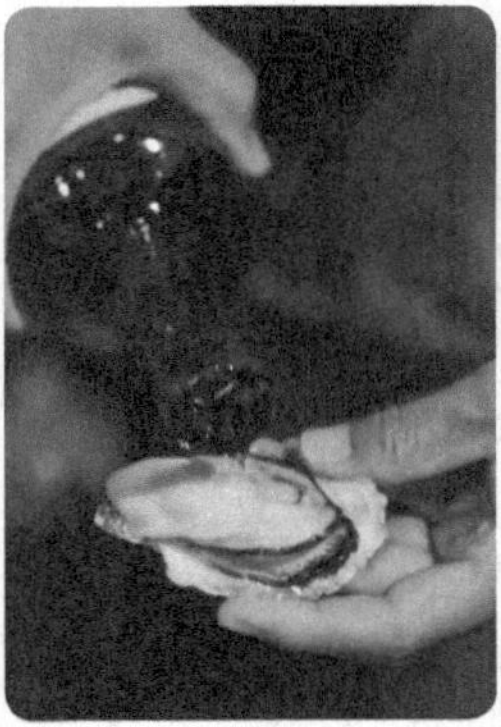

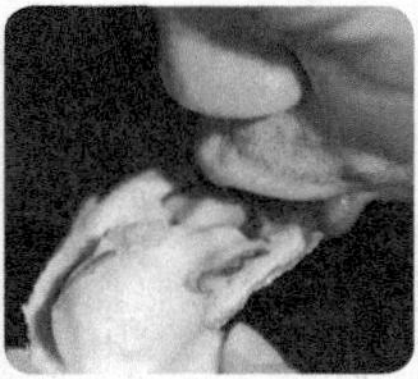

◀おれや西澤、ヒロシらはスコットランドのアイラ島に遠征、そのおり、スコットランドの人は生ガキを地元のシングルモルトウイスキー「ボウモア」をソースがわりにどさっとかけて食べる、という黄金の風習を学んだ。この日のために持ってきたボウモアを惜しげもなくジャカジャカかけて一口でススル。もう何も文句ありません状態となる。

▶ヨロコビをブブゼラで表現したいが、いきなりやると越野さんに追い出されるので代用ラッパでよろこぶ竹田。

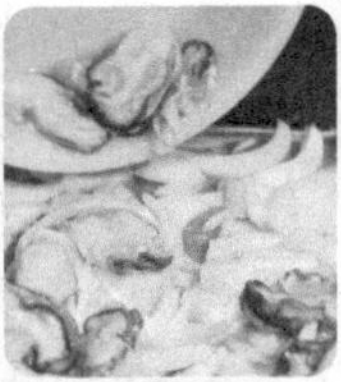

◀うますぎて「すわりしょんべん注意」のクチグロのちゃんちゃん焼き。ひとつひとつそれだけでうまい、いろんな素材がなれた手つきで集められ北海道名物「ちゃんちゃん焼き」になっていく。

▶外は雨。我々のテントは乾燥室のなか。ダルマストーブが元気よく燃えている。ひとしきり飲んで話して、メーンディッシュの「ちゃんちゃん焼き」をよろこびに満ちてみんなで食う。外はまだ雨。いいんだいいんだ。今夜はいくらでも降っていいんだ。

「先生もいろんなところにいっていろんなのを食うねえ」

「ここにいるヒロシと海仁も、一緒に行って食ってますよ」

「あんたら北極圏までいくの？」

「一応、タンケン隊ですから。怪しい探検隊だけれど」

越野さんにはその説明はよくわからなかったようだった。

そのうちにちゃんちゃん焼きがぐつぐついっていい匂いをさせてきた。

「ひゃあ。たまらないですなあ。この匂い、このぐつぐつ」

西澤は頭をクラクラさせる。

「もう食えそうなところどこでもつついていいよ。うめえからなあ。おどろくなよなあ」

本物の漁師がそう言うだけあって、こいつは本当にのけぞり的にうまかった。ドンブリご飯の上に乗せて「ちゃんちゃん丼」にしてくったら凄《すご》いことになるだろうなあ。「焼き牡蠣《がき》」時間を経過してそこからしばし「ちゃんちゃん焼き」時間になる。

外は雨が降ってきたようだ。番小屋は屋根が低いので、雨の音が頭の上をじかに叩《たた》いているような気分になる。

相変わらずいい音をたててダルマストーブの薪《まき》がパチパチはぜている。なんだかまことに申し訳ないような「気分のいい状態」になってきた。

「こういう仕事っていうのはどのくらいの年収があるんですか」

いきなり海仁が越野さんに聞いた。

「えっ？　それ聞いてどうすんの？」

越野さんやや面食らう。

「ぼくはこの旅の記録係をやっているんです。それで気になったことはとにかく聞かずにいられないんです」

「正直な人だねえ。そんならおれも正直に答えよう。そうだな。おれんところは年収二五〇〇万ってとこかな。でも漁師は引き算なんだよ。いろいろかかるからね。まず船だよね。ローンとか修理代とかね。それからガソリンとか資材関係ね。消耗品ね」

「それに酒とかですね」

と太田トクヤ。太田がさらに漁師側の意見を続ける。

「それとなんといってもこの仕事は天候に左右されるからね。海の状態とかさ。だから来年の計画がちゃんとたたないとかね。漁師はいろいろたいへんなんだわ」

今回の旅ではやがて知床《しれとこ》半島のほうで太田と古いつきあいの漁師にまたお世話になる。だから太田は北海道の漁師のことをいろいろ知っているのである。

それからしばらく話はあっちこっちに飛んだ。主に中国産の魚介類が危険、という話が多かったようだ。

コンブの乾燥室はその奥にあって、十畳ぐらいの広さがあったがまんなかに大きなボイラーがあるので、それを取り囲むように寝袋をしいて転がることになる。周りが明るいと眠れないおれはその中に一人用のテントを張ってもぐり込んだ。テントとコンクリート製の小屋に囲まれて、外はだんだん激しくなってくる雨。こんなにここちのいいキャンプのシチュエーションは滅多にないだろう。

ダルマストーブのまわりでは越野さんとすっかり意気投合した太田が、今度新宿にきたらぜひうちの店にきておくれよねえ、などと言っている声がきこえる。

椎名誠写真館

——旅で観て撮った写真のいくつか

百年食堂、苫小牧「第一洋食店」のインテリ主人とクラシックなメイドさん。

子馬とキスする藤沢牧場での林仁奈さん。

藤沢牧場で働く青年。毎日早朝欠かせない仕事だ。

朝霧にけぶる藤沢牧場。きっぱりした空気が流れる。

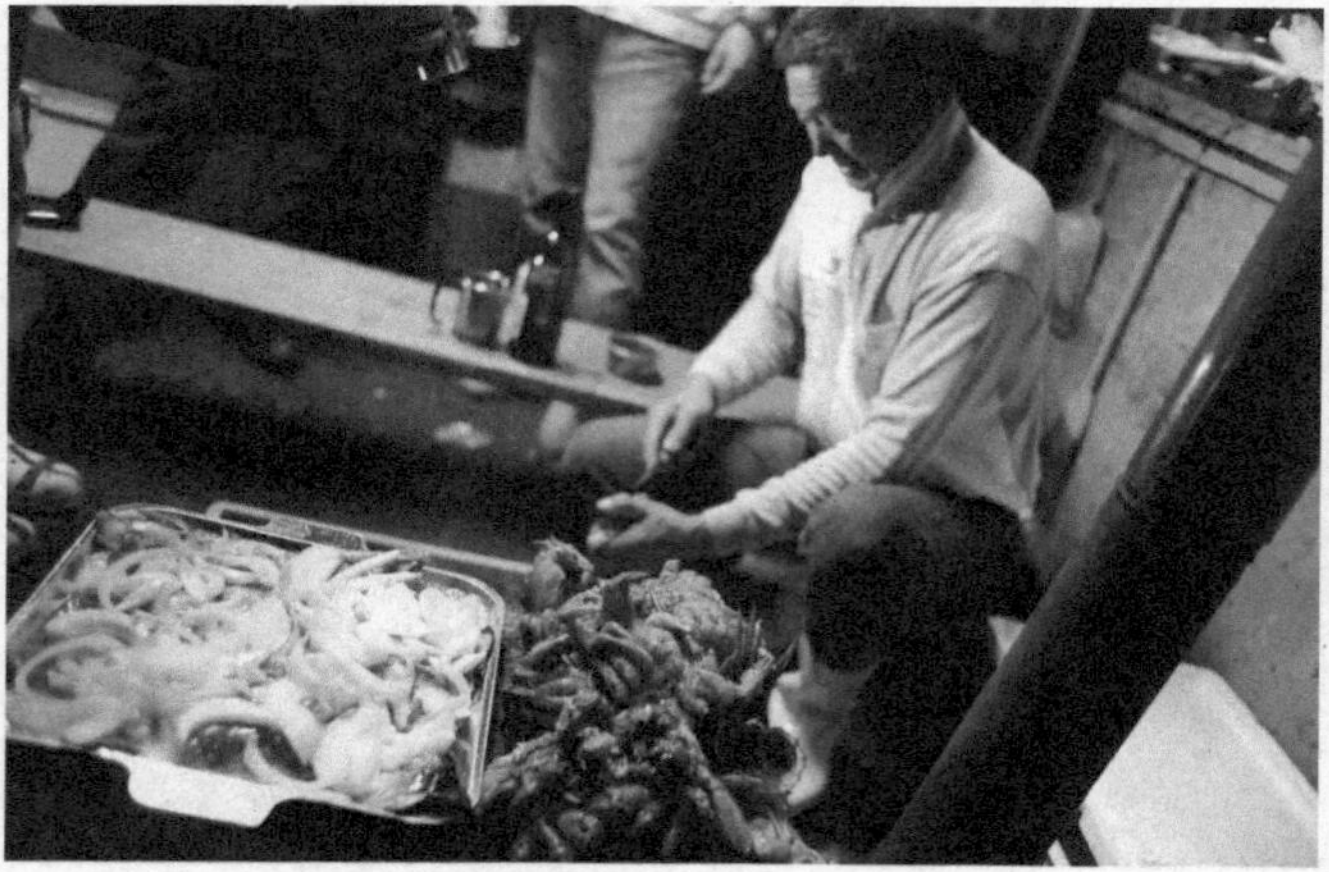

てぎわよく牡蠣の殻をむいていく厚岸の越野さん。

六月二十四日の朝八時頃。うおんうおんと音がするような雲が流れていく。

夕方になり、雲の動きがとまった。風もなく静かな時間。

椎名の山の上の家にお父さんとやってきた静かでにこやかな少女(?)。

めんたまくり抜き事件

幽霊キャンプ断念

早朝、越野さんがデカ鍋いっぱいのアサリのアチアチ味噌汁《みそ》を持ってきてくれた。我々はとにかく大鍋でごはんを炊いて待っていればいい、と言われていたのだ。おかずは昨夜食い切れなかった、まだ手のつけられていない毛蟹《がに》やジンギスカンなどがどっさりある。

朝の薪《まき》の燃える匂いのなかで食う漁師小屋の朝食は「贅沢《ぜいたく》」のヒトコトできわまった。

前の晩に越野さんは太田トクヤと随分意気投合していたが、太田が新宿のどまんなかで四店の大きな居酒屋を経営している、ということを知って、これから恒常的に牡《か》蠣《き》やら蟹やらを直送で仕入れられるようにしましょう、などとけっこうマトモな商談（？）も両者でしていたようで、越野さんは仕入れのサンプルとして牡蠣や大アサリ

◀▼旅はやはり疲れるもんだ。長時間にわたるゴーカな酒宴のあとは、さんさんごごみんな自分の寝袋に入っていく。明日早朝出発だが、テントや野営道具を濡らさずに積み込める、というのは有り難い。

▲西川がさっそくアサリの味噌汁にする。いつのまにか朝食は西川担当となっている。普段のキャンプ旅では「西川屋のホットサンド」が人気定番となっているが、今朝はクラシックに。

▼翌朝越野さんは大量の巨大アサリを持ってきてくれた。まるで大栗のよう。

▼雨模様の朝からなぜかサングラスをして梯子にすわり太田は静かに「意味なしおじさん」と化している。

◀「ああうめえ！」慢性的味噌汁欠乏症の西澤が我をわすれてそれにしがみつく。おかわり！　なんと七杯め。

▶もうカキ漁からあがってきたおじさんがいた。

▲我々が厚岸の一夜をおくった番小屋全景。小屋から出てきたコンちゃんが、カメラを意識してわざとらしく朝のあくびをする。

をどっさり持ってきてくれた。

七時半には世話になった厚岸の漁師小屋を出発することになった。この頃になると二台のクルマへの荷物の積み込みもだいぶ慣れてきて、西澤実行隊長とコンちゃん副隊長の指令態勢もテキパキと効率よく三十分ほどで出発準備が整った。相変わらず西川と竹田の異様に大きな寝袋とかマットが積み込みスペースをとっていて、これらと移動するたびに増えていく食料とのスペース争いが常に勃発《ぼっぱつ》する。隊員らの意見は当然ながら腐れマットよりは食料優先だ。

「いったん積んだふりをしてどこかそこらの路地に置いてきちゃうというのはどうかな」

「いや、あいつらけっこう自分の荷物の収納を見ているから、積むことは積んで、だけどわざと風がモロにあたるところにして、ロープを巧みに緩めておいて、移動中に風に飛ばしてしまう、というのはどうかな」

「そうだ。それにしよう」

そういうタクラミが毎回行われたが、西川と竹田はけっこうその位置を見ていて、素早く食料と自分の荷物の置き場所を入れ換えたりしてなかなか「わざと墜落作戦」は成功しない。

荷物の積み込みが終わると、我々は世話になった越野さんを囲んで、やはり世話になった漁師小屋の前で全員勢ぞろいの写真を撮り、それぞれ心からの礼とともに別れの挨拶《あいさつ》をした。

「またうまい牡蠣をよお腹一杯食わせるからな。来年もまたみんなでここにくるといいさ」

少し照れくさそうに越野さんはそう言って我々を見送ってくれた。

その日の目的地は「尾岱沼《おだいとう》」方向である。そのあたりに野付《のつけ》半島というのがある。そこも以前「海を見にいく」の取材で立ち寄ったところだが、半島といっても海面すれすれにエビのしっぽのような形で全長二十六キロにも続く荒れ地の砂州のようなところで、全体に陰気な場所だった。

こんどの「物乞《ものご》い旅」の出発前に全体のコースを決めるヒロシから電話があって「幽霊キャンプというのはどうでしょうかねえ」と相談してきた。

以前我々が「海を見にいく」の取材できたとき、この砂州のかなり先のほうまで入っていくことができた。砂州の上はいちめんにハマナスが生えていて、そこを進んでいくとレンタカーの左右がガリガリ引っ掻《か》かれている音が聞こえる。

ここはむかしニシン漁が盛んだった頃、砂州の先のほうにニシン景気で沸くあらくれ漁師相手のちょっとした歓楽街のようなものができていて「きらく」と呼ばれていた。最盛期には数軒の大きな居酒屋から女郎屋まであったという。

いまは建物の跡すら残っていないが、ところどころに小さな墓石があって、砂州の先のうたかたの歓楽街が噂だけではない、ということがわかる。小さな墓標には何か文字が彫り込まれた跡があったが二百年近い年月の海風がそれを判別できないくらいに削っていったようだ。

砂州の先端のほうに何本かの痩《や》せた木がはえていて、ときおりそのあたりに幽霊が出るのだと最初に取材にきたとき地元の人に教えてもらった。

「そのあたりでキャンプというのはどうですかねえ」

ヒロシはそう言うのだ。

この、どこで何がおきるかわからない「物乞い旅」を一冊の本に書く立場としてはできるだけヘンなことがおきてくれたほうがありがたい。

「いいねえ。幽霊キャンプ」

それで方針が決まった。

ヒロシは早速そのエリアに入っていってキャンプしてもいいのかどうか、事前に許可をもらおうとあちこち連絡をとったが、どうもそういうことを決めてくれる管理機関や組織などがわからない。そういう話をしているおりに「六月のあのへんは蚊だらけだからキャンプするヒトなんかいないよ」

という情報が入り、さらに砂州の途中に漁業管理事務所のようなものができていて、そこから先には入っていけないようになっている、という。

そういえば前回来たときも砂州の途中にそんな建物が建っていた記憶があった。

「関係者以外立ち入り禁止」

という看板もあったような気がした。しかし門があいていたので「関係者」のような顔をして通過したのだった。数日後「幽霊キャンプは難しそうですね」というヒロシからの連絡が入った。

「それにいまはクマも出るそうで……」

むかい側に幽霊、背後に迫るクマ、という状況に大きな魅力を感じながらも、クマに齧《かじ》られて読者に笑われるのもみっともないから、方針は急遽《きゅうきょ》穏便なる「尾岱沼ふれあいキャンプ場」に泊まることになった。「幽霊」から「ふれあい」とはずいぶん大きく変わったものだ。ま、誰かが幽霊と「ふれあい」いろいろくわしいユーレイの意見を聞いてくる、というのもいい案だが。

そこにむかうまでの九十キロは左右に牧場が広がる。暇な竹田がブブゼラを吹きまくっていく。するとその音をきいて牛が集まってくる、という新たな発見があった。竹田がブブゼラを吹きながら歩いていく後ろをいろんな牛がぞろぞろ歩いていく風景を想像すると、その写真を撮りたくなったが、その日も当面のキャンプ地までは急ぐ旅だ。

東京を出るときの予想と期待に反して、北海道に上陸してからまだ一度もパキッと晴れた日はない。低気圧がどうもそこらに潜んでいるらしく、空がヘンに重いのだ。蝦夷《えぞ》梅雨というのがあるのは知っていたが、時期としてはまだの筈《はず》だ。目的地に近づいていくにしたがって雲はますます重く垂れ下がり、いまにも雨が落ちてきそうなあんばいになった。

野付の町に到着。港のそばの「白帆《しらほ》」という食堂に入った。野付は北海シマエビの産地で、エビをとる白い帆をつけた舟の写真をポスターで何度もみたがその現物はまだ一度も見ていない。まあ季節が違うのだろう。

午後二時である。朝方厚岸であれだけ食ったおれたちだが、まあ全員「胃袋お化け」のように順当に空腹状態になっている。

食堂はエビづくしのメニューだった。

しまえび天丼（一三〇〇円）

しまえびラーメン（七〇〇円）
ゆでしまえび（一〇〇〇円）
めしを食って店の外に出ると、風がさらに冷たくなっているのがわかった。
キャンプ場はきれいに整備されていて、おれたちみたいなのがそれこそ乱入していいのかと思わせるようなところだった。この時期、ほかにキャンプしようとしている人は誰もいない。唯一人影が見えたが、ホームレスのようだった。
誰も使用していないので大きなキャビンはどれも空いていて、料金も安い。雨模様でもあるし、テントを濡《ぬ》らすと乾くまで手間暇かかるので、そのキャビンの一棟を借りることにした。料金は二五〇〇円。自分らのテントを張っても一張りいくら、というふうにお金をとられるので屋根つきのところで集団生活したほうがなにかと安あがりだし便利だ。
とくにその日からしばらく太田トクヤの新宿居酒屋グループのベテラン板前、葛原《くずはら》渉《わたる》さんが我々に合流した。かれは太田の故郷と同じ岩見沢出身で、どんな料理でも作れるというからこれほど心強いことはない。
夕食まで時間があるのでみんなで尾岱沼漁港に釣りにでかけた。自給自足を最大テーマにしている今回の旅だけれど、苫小牧に上陸してから、行った先々ではえらくうまい食い物が「どっさり」揃っていて、おれたちは何もしないままに「ハッ」と気がつくと全員暴飲暴食の道にはまっていたのである。

「これではいけない。今夜は地元で歓待してくれる人々は誰もいないから、食料は、まずおれたちの得意技である釣りでまかなうことにしよう」

おれは西澤とコンちゃんにそう言った。そしてすぐに実行部隊が編成され、釣り場にむかった、というわけである。

堤防には先客が一人いた。カレイを狙っているらしいが、三時間ねばって小さなアイナメのような魚が一匹ビクに入っているだけだった。

今回のメンバーの殆《ほとん》どは関東で結成している「雑魚《ざこ》釣り隊」として雑魚狙いの虚しいキャンプ旅をしているから、こういう風景をみてもけっしてめげない。

釣り餌はイソメだった。おれたちにはそれを買ってくる余裕はなかった。すると先客の釣り人が「今日はもうしまいにするので」といってまだ殆ど減っていないイソメのパックを二つもくれた。本当に北海道のひとはなんてみんな優しいのだろう。

ありがたきしあわせ
と言いつつ、みんなで貰《もら》った餌を使って竿《さお》をだした。すると五分もしないうちに海仁の竿が大きくしなった。

「おおう」

「んりゅゅあ」

上がってきたのは海の鳥のように左右に羽根をひらいたカジカだった。大きくてうまそうだ。間髪をおかず西澤の竿もしなった。

「どりゅあはあ」

「デヘィ！」

言葉にならない気合とともに上がってきたのはカレイだった。関東で見るカレイより身が厚くいかにもうまそうだ。

そのうちヒロシの竿にもカジカがかかってきた。コンちゃんも大きなカレイだ。

ぼんやりしていたおれの竿にもかかってきた。我々にイソメをくれたおじさんが「目」を丸くしている。

なにかよほど名のある名人釣りクラブの一行がやってきたのかと思ったのかもしれない。「いやとくに名を名乗るほどの者でもありません。通りがかりの者です」って答えたかったが別に何も聞かれていないのだった。

しかしこれは八十パーセント「まぐれ」だろう。たまたまおじさんからイソメを貰ったあたりで潮がかわったか、魚がいきなりみんなして空腹になってしまったか、のどちらかだ。

香山がここから電車で帰るというので香山を駅に送りつつおれは一足先にキャンプ地に引き上げることにした。

「必ず今夜の宴会でみんなが食えるくらいのサカナを釣って帰るんだぞ。サカナはどれも人間が食える奴だぞ」そう言い残しておいた。

いっぽうキャビンのほうでは、太田や西川がビールを飲んでくつろいでいた。昨夜越野さんのところから貰ったものがまだいくらかあったから、葛原がプロの裁量で、そこにある素材から酒の肴《さかな》レベルのものを作りはじめている。

太田と西川の言っていることはだいたい見当がつく。

「いやあ。あいつら釣り実行部隊といっても殆ど期待できないから、葛原さんはそこにある材料で何か本格的なメーンデッシュ作っておいたほうがいいですよ。どうせホッカイ猛毒オニベラモドキとかクエバトタンニクソシテシヌシャケなんていうのしか釣れないんだから。そういうのを鍋にして食ったら確実にみんな死ぬんだよ。それと竹田がアフリカから持ってきた肉の塊もそろそろ食ってやらないと」

ぐびぐび飲みながら早くもいいこころもちになっているからいいたい放題だ。たしかに我々の釣りは基本的に「運」で回転しているから、この隊のなかで釣りにヒトコトもフタコトもある連中が現場に行っているとしても、今夜のおかずはまだ何も保証されていない、ということと同じだった。そういうところへおれが戻ってきた。

「やつらはどうでしたか。どうせヤブレビニール傘とかミイラ化したカモメの片足なんかだろうけれど……」

「いや、それがね……」

おれが言ったところで外が騒がしくなってきた。彼らが戻ってきたのである。

凱旋《がいせん》

コンちゃんが自慢げに持っているバケツの中を覗《のぞ》くと二種類の魚がぎっしり入っている。どちらも立派に大きくまだ生きていてピチピチ跳ねている。

ギスカジカというのとクロガシラカレイという。どちらも北の海の魚だが、いかにもうまそうだ。

「ギスカジカはシモフリカジカと共においしい魚です。隣にいた釣り人に聞いたら汁物や鍋に最適ということです」

とにかく魚に詳しい海仁が説明する。

「それからクロガシラカレイは北海道で釣りをする人なら憧《あこが》れの魚です。まずカレイにしてはえらく肉厚でしょ。だから刺し身にいい。煮つけも最高。我々の緒戦としたら、まあ自分らでいうのもなんですが大漁といっていいです」

「おお！」

言いたいことを言っていた留守部隊の太田と西川は凱旋「釣り師部隊」に惜しみない拍手をおくる。カジカもカレイも二十四ぐらいはあるようだ。刺し身だけでも十人ぶんたっぷり。しかも太田トクヤの居酒屋の板前さんが参加しているのだから、今夜もまたまたゴーカな刺し身と浜鍋の宴《うたげ》になる。

よかった。よかった。

貧困、自給自足の旅をテーマとしながら、今日までのところ、どこも大歓待の連続でちっとも自給自足しなかった。遅まきながらこれでやっとタンケン隊としての面目がたつ、というものだ。

よかった。よかった。

と、いいながらおれと太田、西川の長老三人組は早めのビールやワイシを本格的にのみはじめた。本格的とはいえ、まあ夕食前の小酒宴だ。

そのあいだ釣り部隊は風呂にいくことになった。コンちゃんがバケツに入った獲物

▶野付半島にでるというユーレイを見るキャンプは蚊と熊の攻撃予測であえなく変更。このあたりはエビの産地だ。ひるめしは我々には不釣り合いなリッパなお店で。今朝あれだけ食っているというのにみんな早くも逆上している。

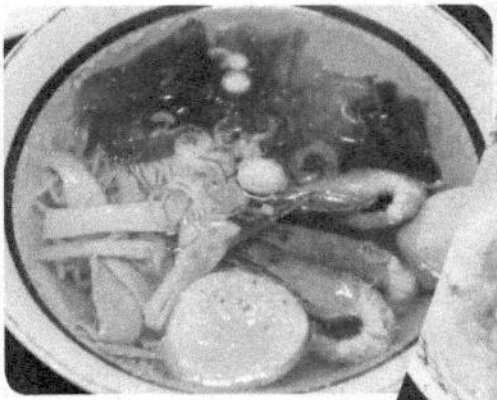

◀エビがたくさん入ったエビ天丼。エビラーメン。ヒロシは両方食べる。

◀さすらいの天幕団となった。その日どこにキャンプするかまだきまらない。誰かが「尾岱沼ふれあいキャンプ場」という安くて規模の大きなバンガローを見つけてきた。

▼その日の夕食をさがしにでた。海が近いから魚を狙う。行ってみると釣れるわ釣れるわ。関東の多くの魚に「雑魚釣り隊あり」と一目置かれ恐れられているんだ。なめんなよ北の魚どもよ。

の上に雑巾《ぞうきん》をのせて、外の流し台の上に置く。

「そんなので大丈夫かな」

海仁が言った。

「大丈夫大丈夫、大丈夫っすよ」

釣り専門雑誌のコンちゃんが言うのだから海仁も頷《うなず》くしかない。そうして夕方のそろそろ本格的に冷たくなってきた風のなかをみんなはシアワセな風呂に行ったのだった。

バカコンの犯罪

惨劇は、彼らが風呂から帰ってきたときに早くも起こった。誰の声かわからなかったがキャビンのなかで宴会をしている我々の耳には「ふんりゃあ」とか「ぎょへえええええ」などという非人間的な声が聞こえてきた。

「あああああああ……」

誰かの嘆きの声も聞こえる。

飲みつづけているわけにはいかないからおれたちも外に出る。

騒ぎのモトは外に出たとたんにわかった。流しの下にバケツがひっくりかえり、そのまわりに何匹かの魚がころがっている。何かに襲われたのだ。

すぐにテキはカラスだ、ということがわかった。調べてみるといかにもうまそうなクロガシラカレイが全部消えている。カラスにそっくりどこかに持っていかれてしまったのだ。

ギスカジカはカラスにとってはレベルが低いのかカジカのメダマだけがくり抜かれている。我々全員しばしコトバもない。

そのうちに西澤が「いったいだれだあ、こんなずさんなところに獲物を放置してったのは！」

大きな声で怒鳴った。

「ぼ、ぼくです」

コンちゃんが首うなだれて自首して出た。

「バカヤロウ。こんなところにムキダシで獲物置いていったらカラスにどうぞ食って下さい、と言っているようなものだろう。いますぐカラスのところにいって訳をはなして全部取り戻してこい！」

西澤は本気で怒っている。まあそれもそうだ。今夜はカレイの刺し身ざんまい。北のカレイはうめえぞう、などといいながら風呂から帰ってきた矢先の出来事だったのだ。

釣り雑誌の編集者で数えきれないほどいろんな場所で釣りをしているコンちゃんだが、基本は船釣りなので、獲物はすぐにクーラーボックスに入れてしまう。海上にはカラスはいないし、貪欲《どんよく》なウミネコは常に船のまわりを群がっているが、クーラーボックスを嘴《くちばし》であけてかっぱらっていく奴まではいない。

「甘いんだよ。おめーは。おめーはこれからはバカコンだ。シーナさんが本気で怒るぞ」

小学生のように首をうなだれているコンちゃんを見ていると、折角のカレイの刺し身全滅は悔しいがなんだかその風景がおかしくてしょうがない。だからどうも本気で怒る気になれない。

しかしおれは西澤に言った。

「西澤、実行隊長として、けじめをつけさせろ」

「カラスのところにいって話し合いで取り戻せなかったら、てめえどうけじめつける。言ってみろ」

西澤腰に両手をあてる。

「ぼ、ぼくカラス語よくわからないから……」

「適当でいいんだよ。カアカアさん。カエしてくださいカアさん」

コンちゃんが復唱する。カの鳴くような小さな声だ。

「そんならコンちゃんを土のなかにうめて顔だけだしてカジカのようにカラスにコンちゃんのめんたまを掘らせたらいいと思います」

ヒロシがかさにかかっていう。

「そうだ。そうだ」

竹田が小さい声で言う。

「まあ、いいよ。葛原がいるから、残ったやつで何かうまいものを作ってもらおうよ。それにおれたち食い過ぎだしサ」

太田が大人の意見を言う。

「でもカレイは一枚も残っていないんですよ」

ヒロシの不服声は本気だった。

「しょうがない。じゃあバカコンは少し外で反省していろ。サルでも反省できるんだ。コンだって反省しろ」

▲あっけなく事件はおきた。ひと晩では食いきれないほどの魚を持ってかえってきたのだが、テキは思いがけないところにいた。

▲ドジコンの失策によって肉厚高級クロガシラカレイは全部奪われ、カジカはメダマだけ全部くりぬかれていた。やがてカラスのしわざと判明。

◀魚管理全般の責任者の対応が甘かったのだ。「バカヤロウ、このドジコン！」西澤がコンちゃんに本気で怒る。

◀ヒロシがプロ根性を発揮してカラスがカジカの目んたまをくりぬく動画を遠隔撮影した。

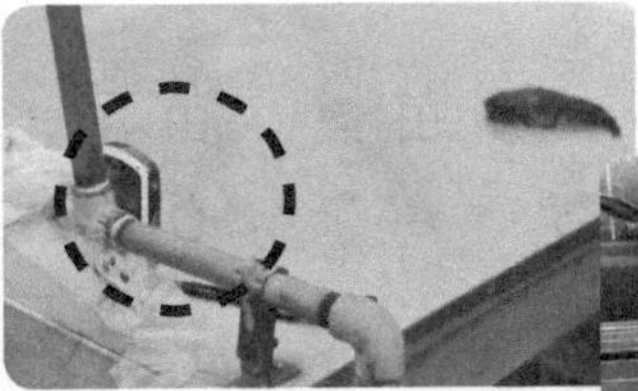

▶これがそのヒトコマ。こうみると北のカラスは凶暴である。カジカの目玉なんてあっけなくつつかれ食われてしまうのがよくわかる。

◀翌日の釣りのために残し、コンちゃんが隠しておいた釣餌のイソメまでよく朝全部やられていた。これでコンちゃんよりカラスのほうがはるかに賢い、ということが判明した。

▼メーンディッシュは消えたが、葛原が残った素材を利用してなんでもぶっこみカレーをつくる。スープを使ってカレーうどんだ。これがあんがいうまい。

西澤のそのひとことでなんとか騒動は片づいたようだった。

「竹田。でも悔しいからおまえはそのブブゼラでそこらにいるカラスども脅しまくってこい！」

西澤の報復命令がでる。

竹田、さっそくブブゼラを吹きまくりながらそこらの樹木の林にいるカラスにたちむかっていく。命令するほうもバカだが、何の疑問ももたずにすぐやる竹田も問題がある。まあ、結局全員そういう単純集団なのである。

その日の夜は葛原がいるので、越野さんのところから貰《もら》ってきた収穫物と目玉のないギスカジカなどを使って、こういうときに全員の精神がなごむカレーを作ってくれた。

「俗にネコマタギというじゃないですか。メダマだけ食って本体を置いていってしまうあの獰猛《どうもう》なカラスがそうするのだから、これはカラスマタギということになるのかね」

カレーを作りながらみんなでさっきの騒動の余韻の残る会話をする。

「目玉はどの生きものもうまいんだろうね。鯛《たい》なんかだって煮つけのときに目玉がコリコリしてうまいものねえ」

「だから生きているカジカの生目玉はもっとコラーゲンなんかドロッとしてうまいんだろうねえ」

「おれがインドのガンジス川に行ったとき巡礼がみんな目指すバラナシというところにしばらくいたんだ。そこにいると上流から水葬された遺体がいっぱい流れてくる。暑い国だから上流で流された遺体は死後の腐敗膨満ガスで膨らんで遺体を巻いている布や紐《ひも》を切ってしまうんだ。だから遺体が外にむきだしになっている。上をむいている遺体はたいがい目玉がなかったな。禿《はげ》タカが上に乗っかって目玉を最初に食べてしまうそうなんだ。目玉がザクロのようにはじけている遺体って気持ち悪いよ」

　若い頃インドを旅して見てきた話をおれがする。

「なあるほど。やっぱりカジカの目玉食いたかったなあ。クソ。カラスのやろう」

　そう言ったのは竹田だった。

　サルよりもやや多めに反省したコンちゃんはクルマで町に出てお詫《わ》びとして北海シマエビを買ってきたので、それがちょうどいい酒の肴《さかな》になった。これは刺し身にするよりも少し火を通したほうが甘味が出てうまかった。

　カジカ汁は長ネギ、ニンジン、長芋が入って酒と味噌《みそ》の味付け。目玉なしでもなかなかうまかった。いろいろあったがこのキャビンは快適で落ち着き、だいぶ遅くまでダラダラ宴会が続いたのだった。

ついに眩《まぶ》しい太陽が

翌朝、出発まぎわに、またもやちょっとした「事件」がおきた。昨夜釣り人から貰ったイキのいいイソメ二パックがまたもやカラスにひきずりだされ、イソメは全部持っていかれてしまったことが判明したのだった。昨日のことがあるからコンちゃんはおれのトラックの荷台の端のほう奥深く押し込んでおいたらしいのだが、カラスのほうがバカコンより賢い、ということがこれではっきり判明したのだった。コンはこれで過失前科二犯だ。

昨夜大量につくられたカレーが、どうやら水加減の間違いでカレースープ化していたので、それにうどんをいれて煮込みカレーウドンとなり、思いがけずこれまた好評だった。そうして我々の備蓄食料はコメと竹田のアフリカ肉以外についになくなった。

その日の目的地は斜里《しゃり》である。ずっとグズついていた空模様がようやくキッパリと晴れ道路はひたすらまっすぐのところが続いた。葛原のレンタカーが加わったので三台がつらなっていくことになる。北海道の旅はやはり青空の下がいい。広い牧草地にくると太田トクヤが「ちょっと降ろしてくれ」という。野糞《ぐそ》でもするのかな、と思ったら、草原のいたるところにあるタンポポの綿毛を「フウッ」と吹いている。子供の頃によくやったのを急に思いだしたのだという。

渋滞いっさいなしでまっすぐの道をとにかくひた走っているのに目的地の斜里に着いたのは午後一時になっていた。その距離七十キロ。ここまで交代運転のローテーションがうまくできていて、クルマ関係では一切トラブルはなかった。

空が広く太陽がまぶしい。昼飯はだいたいラーメン屋というふうに決まってきた。このあとクルマを運転しなくていい人は生ビールを二杯まで飲んでいい、というお達しが「会計総務」の海仁から出た。

「わあっ」

――というのはジャンケン勝負で勝ったものの歓声である。冷し中華、醬油《しょうゆ》ラーメン大盛り、チャーハン、小チャーハン、餃子《ギョーザ》、などとみんな口々に小学生のように一斉に頼むからいつも混乱する。おれはちょっと変わった「昔ふうラーメン」というのを頼んだ。でもこれは失敗だった。醬油《しょうゆ》ベースなのだがなにかよくわからない奇妙なしつこさと匂いのあるラーメンなのだ。

太田トクヤに聞いたら、むかし、北海道はみんな貧しかったから、栄養をとるんだといって何からなにまでバターを入れることが多かったのだという。昔ふうラーメンというのはそのバターがたっぷり入っている、ということなのだった。

めしを食い終わってから太田トクヤの古い友人室本《むろもと》三兄弟の一番うえのお兄さん、敏博《としひろ》さんと会った。おれは十年ぐらい前にやはり太田トクヤと斜里にきて、三兄弟とあい、歓待をうけた。そのとき次男の康博《やすひろ》君がナマコに目をつけ、独自にナマコ漁をはじめていた。「ケーソン丸」というダンプカーぐらいの大きさの船で、後ろから巨大なクマデのようなものを降ろして海底をひっかいて回る。ときどきひっぱりあげるとナマコやホヤ、イソギンチャクなど海底にすんでいる生物がどさっとあがってくる。その中から品質のいい「マ・ナマコ」を選別し、あとはまた海にもどす。これを一日中繰り返しているとかなりの量の「マ・ナマコ」を採取できる。

それらは工場にもっていって巨大な容器の中で煮る。「マ・ナマコ」は十五〜二十センチ前後のものだが、一度煮ると十センチぐらいに縮んでしまう。ナマコの体内は殆《ほとん》ど水分なので、これを繰り返す（何度も煮る）とナマコはどんどん小さくなっていく。それを太陽の下に並べて干す。するとさらに小さくなっていって最終的には四〜五センチぐらいの固いチビ・ミイラナマコみたいになってしまうのだ。いいナマコの見分けかたはいろいろあるが、このミイラ状の固いナマコになったときナマコのト

▼▶思えばおれたちは北海道に来て観光らしいことは何もしていなかった。近くの「トドワラ」というところを歩いてみたが我々にはそれが何なのか誰も理解できず、面白くもなんともなかった。まあ全員観光能力ゼロではあるが。

▼天候がよくなってきた。野付風蓮道立自然公園を踊ってあるく西川あにい。

◀昨日いっぱい西澤隊長に怒られて頭がパーになってしまったコンちゃんがブブゼラの使いかたを竹田から聞くが誤った使いかたしかできなくなっていた。

▶キタキツネも喜んでいる。コンコン。

▲ようやく北海道らしくよく晴れた空の下まっすぐの道があらわれた。

▲故郷の大地に立ってどんどん幼児化していく新宿のおじさん。

ゲトゲがきっちりしているのを「イボダチがいい」といって評価されるそうだ。これがいま中国や香港あたりからひっぱりだこで、注文量に生産が間に合わない、という状態になっているのだった。

しかもナマコ料理の本場中国は、日本の北の知床あたりの「マ・ナマコ」が世界一の品質といっている。

ほんの少し前までナマコは「海の鼠」と呼ばれてバカにされてきた。しかしいまは「黒いダイヤ」とまで呼ばれるようになってきたのだ。マ・ナマコの貴重な価値が知られるようになるにつれてナマコの密漁が行われるようになった。そこにはヤクザや香港マフィアがからんでいる、という噂もある。

そうして室本一家の仕事は大繁盛するようになったのだが、競争相手も増えて、いまはいかにも「のんびり」したナマコを「のんびり」捕っていられないようになってきた、という。

久しぶりにやってきたので次男康博君の「ケーソン丸」の基地である日の出漁港に行った。ちょうどその日の仕事から帰ってきたところで、康博君は十年分しっかり貫《かん》禄《ろく》がついていて嬉《うれ》しかった。

以前、きたときは「ナマコなんて捕ってどうすんだ」という周囲の半ばバカにした

▶斜里に到着。太田の古い友人室本三兄弟と久しぶりのご対面。彼らの父親はここらの網元をしていた。かつては鮭鱒漁で大いに賑わった。いまはナマコ漁があたっている。ここでとれる黒ナマコは海の黒ダイヤといわれ、中国や香港マーケットに高値で取引されている。

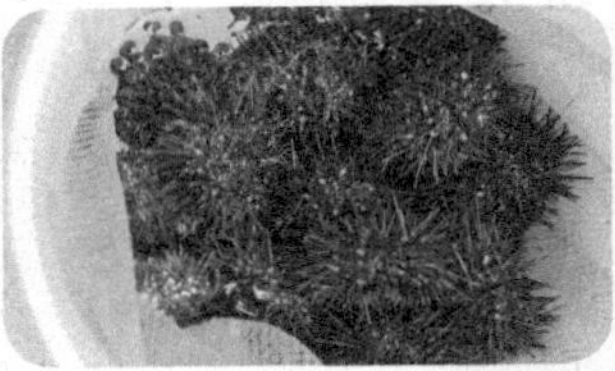

▲かれらから貰ったもの。左からミズダコ、トキシラズ、大きくてあまいアカボヤ。そのほかいろいろ。

視線があったのだ。なにしろ「海の鼠」なのだから。けれど今はこれこそ「先見の明」を康博君は実証したのだった。

室本兄弟の父親はもともとこのあたりの網元で、その父親はもう亡くなってしまったが、ナマコ捕り事業には半信半疑だったという。

「ケーソン丸」のケーソンは鮭鱒《さけます》のことである。「鮭鱒丸」。でもそれじゃあナマコ捕りの船にあまりにもエラソーな名称なのでカタカナの「ケーソン」にしたのだという。

以前きたときはそんな話を聞きながら、まだ元気だった頃の彼らの父親（網元）と酒を酌み交わし、いろいろ海の話を聞いた。父親はたくさんとれるナマコのいちばんうまいところ「コノワタ」を自分で丁寧によりさばいてホヤと一緒にした、酒の肴界の「大傑作」「幻の肴」といわれる「バクライ」を作って食わせてくれた。

そういう十年来のここちのいい記憶がたくさん詰まった土地と人々のところにまたやってくることができたのである。

この漁港でおれたちはまた「物乞《ものご》い」に成功した。

ムラサキウニ三十個ぐらい

アカボヤ十個（しかし重さはひとつ一キロはある）

ミズダコ（でかい）

トキシラズ（超うまいとされる鮭の高級種。時価わからず）

野営場！

その日の我々のキャンプ場はできれば知床の海岸べりに、と思っていたのだが、いまはヒグマがいちばん活発に動き回っている時期で、そんなところでキャンプしたらまずあんたらの半数はヒグマとはちあわせして全員ヒグマにメンタマとられるか頭すっぽりかじられることになるよ、といわれ、常識的には「国設知床野営場」に泊まるものだよ、と諭すように言われた。「野営場」という名称が気にいった。ちゃんとした管理のなされているキャンプ場なのだがそれでもクマが入ってくることがあるので、外郭には電気柵《さく》をはりめぐらせてガードされていた。

キャンプ場のあちこちに「残飯の完全処理」「食べ物の管理を完全に」と書いた看板がある。それを見てみんなコンちゃんの顔を見る。コンちゃんうつむく。

夕陽がきれいだという時間にウトロ港の堤防にみんなで行った。非常に高い堤防なので冗談のつもりで竿《さお》をいれるとたちまちクロガシラカレイの入れ食いとなって、きっぱり昨日のリベンジを果たしたのだった。

ケーソン丸の康博さんから大量の「物乞い」の成果があったというのに、その日は室本の長男敏博さんの親しい歯医者さんがキャンプ場から歩いて三分のところに住んでいて、その歯医者さん丹羽修二《にわしゅうじ》さんが握り寿司《ずし》が趣味なのだという。そこで今夜のもてなしがあるというので「物乞い」した食料がいっぱいある我々は「どうしたらいいんだ状態」となった。

クマを呼び寄せないように収穫物をきちんとしまって、我々は歯医者さんの二階に行った。二階には本格的な寿司屋さんの「つけ台」があって、そこには本日の寿司ネタがずらりと並んでいる。ボタンエビ、マガレイ、イシモチガレイ、ホッキ、オヒョウ、スジコ、ウニ。そして巨大なズワイガニが何匹も。

おれたちはいったいどこに迷いこんでしまったのだろうか。北のキツネに化かされたような気分で、ふらふらとその大御馳走《ごちそう》の中に突入していったのだった。

▲ウトロ漁港の堤防でクロガシラカレイを沢山釣った。野付の仇をウトロで。

▲西澤隊長は本日なにかお疲れのようで。

▲ウトロのキャンプ場の近くには露天風呂があった。ひゃあ、このあとビールと思うとたまらないねえ。

▼このキャンプ場にはときおりヒグマが出没するという。キャンパーは食料を責任をもって収納しておくこと、などと書いてある。みんなコンちゃんを見る。コンちゃんうつむく。

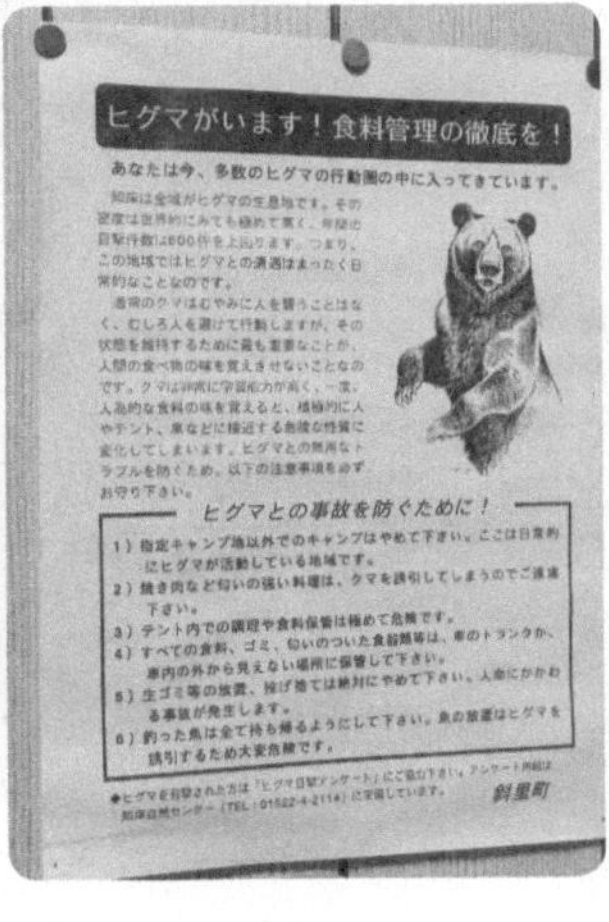

知床半島大漁記

歯医者寿司

その日の夜、アブラ人宍戸健司がスーツ姿でキャンプ場にやってきた。角川書店の取締役である彼はこの時期なにかと忙しく、普段なら何日か我々の旅につきあえる筈《はず》なのに役員会や株主総会などがあって完全な会社人間と化していた。

すぐにコテージに行ってラフな服に着替え「歯医者寿司」に合流した。

宍戸アブラ人は、物乞《ものご》い旅の我々がとてつもない大御馳走を前にしているのにびっくりしている。そばにいたヒロシが、北海道上陸以来、いかに我々がめぐまれた食生活をしていたかを自慢している。それでは本来の「貧乏物乞い旅」のテーマから大きくズレてしまい頭の上に「？」マークがいっぱい踊ってしまうというのに、いくら食っても常にハラペコ野良犬化している男というのはしょうがない。いかに我々はこのように毎日うまいものを食ってしあわせだったか、ということを延々と自慢している大バカ者なのであった。

この「歯医者寿司」の主人、丹羽修二さんは昭和五十五年に斜里町に来て歯医者を開業。同時に三十年間歯医者のなかったウトロに週二回来てこの町の患者の治療をしている。

その日我々が招待されたところは丹羽さんがウトロに来たときに住む家で、二階がまるまるあいているので、若い頃から見よう見真似で寿司の握りかたを研究しているうちにクロウトはだしになってしまって病膏肓《こうこう》。ついにプライベート寿司屋を作ってしまった、という不思議空間なのであった。

なるほど次々に出される、カレイやオヒョウなど東京の寿司屋ではまずおめにかかれない北方寿司は「寿司屋の寿司」そのものだ。全体が白身なので淡白な味かと思ったマガレイは脂がのっていてまったく申し訳ないほどうまい。

その日は丹羽さんや室本敏博さん（三兄弟の長男）の知り合いが斜里からやってきて宴席に加わり近所の奥さんなども手伝いに来ているので大にぎわいだった。

おれの隣にいた目の鋭い野村孝司さんは斜里の警察署の鑑識課にいて、わりあい事件の少ないこの北の果ての町にも長い間にはいろんなことがあり、これまで十九回「検視」をしたという。

めったに聞けない話なので検視とはどういう手順でやるのか、殺人と事故死の違いは遺体のどんなところで確定できるのか、などという話を聞いていた。白臘《はくろう》化した死体の話を聞きながら「これによく似てますな」などとやや白く光るオヒョウの刺し身などをじっくり眺めてつまむというたいへん得難い体験をした。

知床工房代表の吉野英治さんはもともとは網走《あばしり》の造り酒屋の出で「三跳山」という酒や味噌《みそ》、醤油《しょうゆ》などを造っていたが、酒好きのためにうまい肴《さかな》などを研究しているうちに、気がついたら水産加工販売、飲食店経営に手を広げていたという。

途中から加わってきたコムラアヤコさんは東京の出身で、しばらく太田トクヤの新宿居酒屋のいくつかの店で働いていたらしい。それから沖縄に流れ、琉球《りゅうきゅう》ガラスの工房で修業していた。そのときの同僚に網走から来た人がいて、網走でガラス工房をやるというので一緒に北にとんできた、という激しい動きをしている人だった。

太田トクヤの面倒見がいいのはよく知っているが、こういうときにひと声かけると網走からとんでくる、という元従業員、というのもなかなか素晴らしい。

酒宴ははてしなく続いていきそうだったのでおれはひと足早くキャンプ地に戻ると、そこにはおれより早く抜け出てきたのが数人いて、今日室本兄からもらったトキシラズのチャンチャン焼きをやっていた。この人々はまだ食べるのかと驚きつつ、どうや

▲この夜予期せぬご招待。近くに住む歯医者さんの趣味がこうじて自宅寿司。本格的なつけ台などもあり、スシダネもひっくりかえるほど豊富である。

▼このキャンプ場に角川書店の宍戸アブラ人がやってきた。まったく場違いなダークスーツ姿。

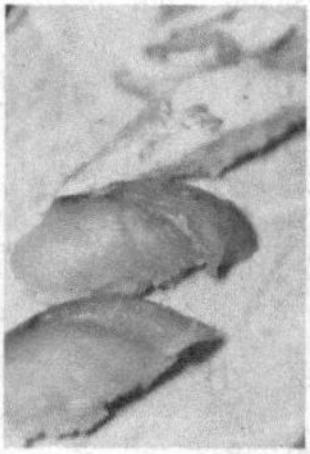

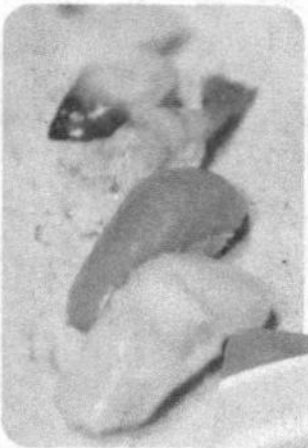

▲▼これがその夜、テーブルを飾った北の寿司群である。タラバガニの脚はんぶんを乗せた贅沢すぎるカニずし。北でしかたべられないオヒョウの握り。

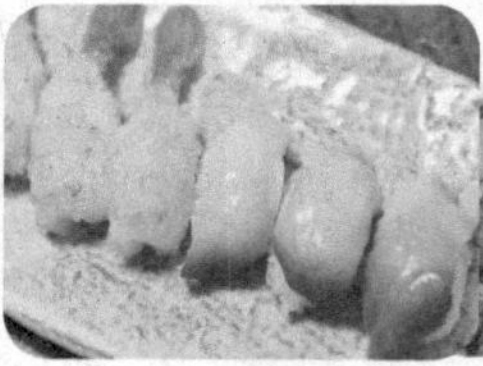

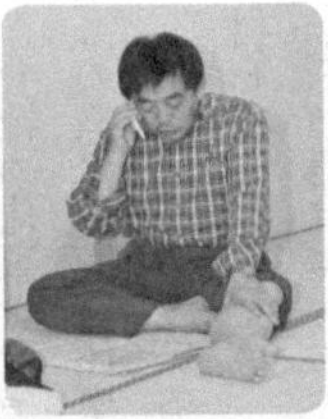

▶「いまウトロで大変な御馳走にあっているが、そっちは客きてるか」と新宿の自分の店に電話する太田トクヤ経営者。

▶あまりの大御馳走に逆上してはしゃぎまくるコンちゃんと竹田。ずっとやらせておくしかない。

▲これが歯医者寿司の全貌である。食い放題。料金タダ。

ら我々は完全な「北海道飽食旅」をしているのだなあ、ということを確信した。まあ、毎日飢えて目つきギラギラ集団と化し、しまいには共食いをして斜里の鑑識課のお世話になることもなさそうなのはいいコトだった。

高級魚大漁節、大満足の朝

斜里では連泊となったので、この日だけはじめて一日移動しないで北の風物をのんびり楽しもう、ということになった。

しかし、とはいっても我々には「業務」がつきまとう。この日はコンちゃんが自分の職務を遂行する日でもあった。

今回の北海道遠征のメンバーには会社勤めの仲間も何人かいる。一週間以上の長旅と会社の仕事をジョイントできる「雑誌編集」の仕事をしている西澤とコンちゃんは、この旅に「取材仕事」を併用して、一週間の出張を正当化させる荒技に出た。

西澤のやっている『自遊人』は、おれの連載している「百年食堂」をもう二回分取材している。

その日はコンちゃんの編集している『つり丸』の取材仕事をこなすことになった。

これはまことに賢い考えで、我々が釣りに集中することによって、獲物は今後の我々の食料確保になる。ただし「釣れたら」の話であり、釣れても「カラスに襲われなかったら」の話だが。

そこで我々は早朝六時に起きてウトロ港に集結した。今日は釣りの専門誌の取材も兼ねているので、釣果に不確定要素の多い堤防釣りなどではなく、専門の船を予約してある。

「第八平成丸」。船名はオーソドックスだが、なぜか船体がピンク色の怪しい船だ。

船長は瀬川《せがわ》さん。関東周辺のいかにも漁師然とした船長と違って、おだやかな海の紳士のような風貌《ふうぼう》と話し方をする。

今の一番の狙いは「アオゾイ」であった。北の魚で標準和名は「クロメヌケ」。「マヌケ」と読んではいけません。とても美味《おい》しい高級魚で、北海道以外ではあまり釣れないという。プロのコンちゃんもはじめて狙う魚だと言っていた。

さあ、果たして我々に釣れるだろうか。

「本当はこの時期、ホッケがかかるんだけど今年は駄目だね。だからアオゾイに全力をかけましょう」

瀬川船長はそう言った。

船は知床半島沿いに突端にむかって進んでいく。風がつよく、しかも非常に冷たい。三十分ほど進んだあたりで最初のポイントにきた。

電動リールを使ったサビキ（疑似餌）なので餌つけの手間がなく、ポイントに到着してからでもいいし、魚群探知機でテキが見つかれば「タタカイ開始」ということになってとにかくすぐに対応できる。

最初のポイントは水深八十メートル。二五〇号のオモリをつけているので凄《すご》い速さで仕掛けが落ちていく。この日はおれにすぐアタリがきた。ずしりと感動する重い手応え。本命のアオゾイだった。かなり大きい。サビキには沢山の疑似餌がついているのでアオゾイのほかにホッケもついていた。うひひひひ。

一番のりというのは嬉《うれ》しい。はじめて見るアオゾイは丸々と太って暗褐色にうっすら黄味がかった、なかなか存在感のある獲物であった。続いて他の仲間にもアタリがあり、次々に獲物があがってくる。船長がダメだといったホッケがかなりあがってくる。メバルのような魚はヤナギノマイという魚でこれもうまいそうだ。

西澤にも大きなアオゾイがきた。

「うひひひ。これが本日一番大きいんじゃないかな」

西澤が含み笑いをする。

「いや、ぼくのほうが大きかったです。絶対」

ヒロシが叫ぶ。このへんはいつものとおりだ。

釣り名人の海仁はいつものように黙って着実に各種の魚を釣りあげている。宍戸アブラ人もねじり鉢巻きで快調に各種の魚をあげている。役員会よりも楽しそうだ。もっとも彼の会議室での顔つきを見たことはないが、その解放された顔でだいたい見当はつく。

釣りに興味のない太田トクヤは寝ている。葛原はあがってきた魚をセッセとさばく係だが、獲物が多いので大変だ。一時間ほどで「こんなに釣ってしまってどうすんだ」というぐらいの釣果があった。最後におれが特大のアオゾイを釣ったようだ。ヒロシとちがっておれは大きさのタタカイなどに興味はないので覚えていないのだが、この原稿を書くために貰《もら》ったコンちゃんの取材メモにそう書いてある。おれは釣りはヘタなのだが欲がないぶんこんなときなにかいつもバカヅキがあるようだ。

タタカイは二時間でおわり「大漁」となって、また知床半島沿いに帰還する。

途中、オジロワシの生息する大岩があって瀬川船長が「魚を投げると優雅に素早く飛んできてそれをキャッチするよ」

と言う。なるほど百メートルぐらい離れた岩の上に立派なオジロワシが見える。

▶船は知床半島沿いにすすむ。獲物のターゲットはだいたい四種類。釣れればの話だが。

◀ウトロ港から第八平成丸で北の漁にでる我々。海の男になるのだ。しかしなぜか平成丸はピンクの船体であった。

▲昨夜ダークスーツで現れた宍戸アブラ人の一夜あけたこの雄姿を見よ。

▶なぜかタソガレ気味の西澤隊長。

◀▼今日は潮がわるくあまり期待できないかもしれない、と船長は言っていたが、東京の「雑魚釣り隊」をなめないでもらいたい。たちまちこのような大量捕獲となった。シーナの手にあるのは高級魚アオゾイ。大漁だったのでその晩我々が食べるもの以外は太田トクヤの居酒屋にみんな送った。「シーナの釣った北の高級魚」と黒板に書いたらたちまち売り切れてしまったという。

▼途中オジロワシの棲息している岩があり、船からヤナギノマイという魚を投げると素早く飛んできて見事に空中でつかまえる。ほかの魚では見向きもしない。

い。

宍戸アブラ人が、さっそくスケソウダラをほうりなげた。けれどまったく反応しな
「だめだめ。やつは好みがうるさくてヤナギノマイじゃないと駄目なんですよ」

船長が言う。

宍戸アブラ人がヤナギノマイを投げた瞬間にオジロワシは大岩を離れ、鋭い速さで飛んできてみごとにキャッチ、優雅に住処《すみか》の大岩に戻っていった。

こんなに離れているのに魚の違いが見えるのか、と改めて猛禽《もうきん》類の視力のよさに感心した。

〝つがい〟らしくもう一羽いたので夫婦和合のために宍戸アブラ人がまたヤナギノマイを投げると、もう一羽も見事にキャッチ。

「あれはまさしく奥さんのほうだったなあ。目が色っぽかったよ」西川がカメラを覗《のぞ》きながらいいかげんなことを言う。

夫婦オジロワシの優雅な技にみんなで拍手。もうすこし見たかったがもうそれでヤナギノマイはないので、オジロワシのショウはそれで終わりだった。

釣果は大型のバケツふたつにいっぱいだった。とてもそんなには食べきれないので、その日我々が食べられる量を残してあとは全部東京の太田トクヤの店に送ることにな

った。

アオゾイなどは東京の人は殆《ほとん》ど知らないだろうから、これはかれの四つの店のいいメダマの魚になる。後日譚《たん》だが「椎名誠が知床で釣りました」と黒板に書いたらあっというまに売り切れてしまったという。いったいいくら儲《もう》かったのだろう。

ウトロ漁協婦人部に騙《だま》される

港に帰ったのはまだ十時だった。朝食抜きで出航してよく働いたのでみんな空腹だ。

港の近くで目についたのが「ウトロ漁協婦人部食堂」という大きな看板だった。

語感からいってじつにうまそうだ。漁師の奥さんの作る魚料理はどこでも逸品である。

否応《いやおう》なく我々はそこに吸い込まれるように入っていった。店の中はこの時間だというのに観光客などでいっぱいである。

焼き魚定食（ソイ）　一二〇〇円。

鮭親子丼　一六〇〇円。

生姜《しょうが》焼き定食　八五〇円。

けっして安いわけではない。

しかし、それなりにうまいだろう、と思って期待していたのだが、焼き魚などは完全に冷凍ものだった。こんなのは東京では学生相手の安食堂ぐらいしか出せないだろう。

鮭親子丼もパサパサして期待したのとはほど遠い。

「漁協婦人部」というのに騙されたかんじだった。漁港を前に冷凍の魚をだすとはいい度胸だ。冷凍を見抜いたのは太田トクヤだった。

「ありゃあひどい。ウトロの名折れになるよ」太田が室本兄に説教していた。

その日の午後は自由行動になった。フリーライターの竹田は原稿書き。温泉にいくもの。麻雀をやるもの。昼からウィスキーなどを飲んで昼寝しているもの。

いつもの我々のお家芸。怠惰な午後を満喫した。

夜は葛原が活躍して、豊富な備蓄食料を使った豪華料理が作られていった。

アオゾイの刺し身は、釣ったその日の夜なのでもう一日おいたほうがいいかな、とコンちゃんは言っていたが、白身の肉はしっかり脂がのっていて甘く、本当に高級魚の風格があった。

カレイの煮つけ、トキシラズを半身にして炭火でじっくり焼いたもの（絶品！）、

▲これが知床野営場。キャンプ場などといわず「野営」というのがいいなあ、と椎名。

▲熊ではなくエゾシカが迷いこんできた。

▼思ったほどうまくねえ。新宿の大衆食堂のほうがましだと憮然とする西澤。

▲ウトロ漁港の入り口近くにある「漁協婦人部食堂」には騙された。漁師のかみさんのつくる料理はうまいというのが定番だから喜んで入ったのだが、魚類はみんな冷凍ものを焼いたり煮たりしているとんでもない食堂なのだった。太田トクヤがいっぱつで見抜き、ふるさと北海道でこんなサギもどきは悲しい、と言っていた。

アラ煮。サクラマスのバターソテー、鮭（サクラマス）チャーハン、バクライなどなど胃袋がひとりに三つか四つほしいくらいの豪華な夕飯だった。それに室蘭の白川さんから貰《もら》った北海道米がうまい。コメは西澤が研いで、コンちゃんが炊く、というコンビネーションがこの頃から完全にうまく働いていて、好評だった。

雨が降ってきたのでタープをひろげ、雨音を聞きながらの宴会である。どうも我々は毎日美食三昧《ざんまい》である。いいんだか困ったことなのか、こういうテーマの本を書く立場の者としては複雑な思いだった。

パンツ一号、二号の思い出

どしゃぶりの朝だった。

キャンプ地で雨の音を聞きながら朝がた寝ているのは、ここちがいい。しかし少したてば雨のなかで撤収作業をすることを考えると憂鬱《ゆううつ》になる。そういうのがないまぜになって、これもまた複雑な気分だ。

その雨の中を宍戸アブラ人と葛原が東京に帰るための支度をしている。宍戸アブラ人はその日に重要な株主総会があるそうで、遅刻したらクビなんだよお、と前の晩に

◀漁協婦人部食堂よりも室本三兄弟からもらったトキシラズを我々が料理したほうが百倍うまい、と葛原が夕食の仕込みに入る。

▶もっぱら火おこし係に徹する宍戸取締役であった。

◀竹田がアフリカからもってきたアフリカの肉はいまだに手付かずである。悲しむ竹田。ようし、しかたがないからみんなで食おう。みんなで食えばこわくない、ということになったがほかに新鮮な食い物がいっぱいあるので、またもや「なにかのときの非常食に」と食料箱の奥にしまわれた。竹田涙ぐむ。

▼▶ここは連泊である。雨の音を聞きながらタープの下でみんなで夕食。近所の人がやってきた。飽食ヒロシの恍惚顔。

嘆いていた。二人は雨に濡《ぬ》れながら七時には女満別空港にむかった。

我々はその日のうちに岩見沢まで一気にいかなければならない。

西澤実行隊長とコンちゃんの指示のもとみんなで荷物を積み込む。我々が去ったあと熊が近寄らないように、残飯やいらない食料の後始末を完璧《かんぺき》にやる。

ここのキャンプ場の管理人は人柄がよく、最初から最後まで気持ちよく対応してくれた。葛原の乗ってきたレンタカーは太田トクヤが引き継ぎ、我々は三台連ねて午前中のウトロを去った。

途中、斜里に寄って室本さんの工場「知床鮭鱒舎《けいそんしゃ》」にお礼の挨拶《あいさつ》に寄ったら、中国語が書かれた化粧箱いりの高級ナマコを貰った。これも相当な値段の筈《はず》である。

雨はますます強くなっている。しかし天気予報と我々がその日進んでいく方向を照らし合わせると、雨地域からしだいに離れていく恰好《かっこう》になっている。

岩見沢までは三八〇キロ。これまで我々の自動車事故はまったくなかったから、これからも油断しないでいこう、という西澤からの連絡が入る。いまは携帯電話があるから、三台のクルマの連絡は簡単に確実にとれる。

おれはむかしから、こういうふうに大勢の仲間とクルマで移動してキャンプ旅をすることが多かったから、携帯電話のない頃の面倒なコトをよく知っている。

▶テントからあたりの様子を窺うようにソロソロ顔をだす太田トクヤ。挙動不審な朝であった。

▲今日は東京で株主総会がある宍戸取締役。遅刻したらクビという。ではおじゃましました。お先に。みなさんどうぞ熊にかじられないように。

▲タープの下で北海道の山菜の味噌汁をうまそうに食べる隊員たち。

◀そこに使った山菜はその朝料理係のコンちゃんがテントの裏から摘んできたものだが、そのあたりは西澤がもっぱら立ち小便をしていたエリアということが判明。

▲移動の途中で室本さんのナマコ工場「知床鮭鱒舎」に挨拶のため立ち寄ったら、化粧箱入りの高級ナマコを貰った。中国、香港の黒ダイヤの詰め合わせである。

使うのはトランシーバーだった。これは周波数をあわせておけば三百メートルぐらいの平地だったらクリアに話ができる。ただし、電話と違って一方が喋《しゃべ》ると通話スイッチを切りかえて向こうの会話を聞かねばならない。

だから最後に「どうぞ」と言うのが会話の受け応えのルールだった。

「怪しい探検隊」の初期の頃、なんだかわからないけれど「北」へいきたくなって、今回のように八人ほどで二台のクルマに分乗して常磐道を北上した。

クルマには「パンツ一号」と「パンツ二号」のコードネーム（？）をつけた。

だからトランシーバーの会話はこんなふうになる。

「えー、パンツ一号よりパンツ二号へ、感度よろしいですか。どうぞ」

「あー、こちらパンツ二号です。感度良好。どうぞ」

「えー、パンツ一号よりパンツ二号へ。こちらも感度良好。こちらの同乗者が、いま全員空腹だあ、と言っています。感度よろしいですか。どうぞ」

「あー、なんですか。感度乱れています。もう一度お願いします。どうぞ」

「えー、パンツ一号よりパンツ二号へ。感度大丈夫ですか」

「あー、パンツ二号よりパンツ一号へ。もう一度お願いします。どうぞ」

「えー、パンツ一号よりパンツ二号へ。みんな腹へったっていってるの。そんな簡単なこと聞きとれねえのか。おめーらまじめに聞いているのか。どうぞ」

「あー、パンツ二号よりパンツ一号へ。まじめがどうしたって。まじめに走っているのが後ろから見てわからねえのかよ。どうぞ」

「えー、パンツ一号よりパンツ二号へ。感度いいですか」

「感度良好」

「あー、パンツ一号よりパンツ二号へ。それならどうしてこっちの言っていることがわからねえんだ。コノヤロ。どうぞ」

「うー、パンツ二号よりパンツ一号へ。わからないからわからないと言っているんだ。そんなことがわからないのか。バカじゃないのか。どうぞ」

「あー、パンツ一号よりパンツ二号へ。感度いいですか。バカとはなんだ。どうぞ」

「バカだからバカと言っているんだ。感度いいですか。どうぞ」

「感度良好。バカヤロウ。どうぞ」

茨城県に入ったところでパトカーが近くにきたらしく、パトカーの警官の声が入ってきたときがあった。

「いま、パンツが一枚とか二枚とか無線がはいったけどなんのことだ？」

警察の無線は強力なので我々二台のクルマにほぼ同時にそういう声がはいってきた。

ヤバイ、というのでパトカーから離れるまで我々の通話は停止した。

そういうトランシーバー時代からくらべると、いまはまったく便利になったものだ。

天気予報は、ぴったり当たって我々の進んでいく地域の天候は次第に良好になっていて、午後になると雨があがり、ところどころに青空が見えてきた。

ロードムービー

話の展開からいうと、本当は最初に語っておかなければならなかったのだが、今回は旅の顚末《てんまつ》をこのカキオロシの本にまとめる一方、ロードムービーを撮ろうという二本立て作戦があって、最初からこの我々の旅はDVDに記録されている。

撮影は西川良が一人で担当していて、ここまでずっと書いてきた「貧困物乞《ものご》い旅」ならぬ「物乞い飽食堕落旅」のありのままがずっと撮影されている。

単行本の完成とともにこのDVDも一時間かもう少し長いぐらいの「バカ旅物語」として完成する筈である。問題はどこで上映するか、ということだが、これは昨年から太田トクヤの建てた新宿のビルの地下にある小劇場が候補になっている。

ここで不定期ながら「もぐら座」というのをおれが主宰していて、自主制作のビデオなどを緩い会員制システムのなかで上映している。いまのところ長くて二日興行だが、今回のこのロードムービーは一週間ぐらいやってみようか、などと準備段階で話し合っていた。

どういうところを旅してきたか、ということを客観的に表現するために、これまでもしばしば我々のクルマが走っている大草原や海べりの道路など、カメラマン兼監督の西川の指示にしたがって撮影してきている。

そのメリハリはむかし何本かの劇映画を作ってきたおれがアドバイザーとなって、西川とそのつど携帯電話で「このあたりの客観を撮影しようか」などと相談してきた。むかしのトランシーバーだったら、一箇所のクルマの走行シーンを山の上から撮るのだって大変なコトになっていただろうなあ、という感慨もおれのなかにあった。

話は少し前後するが、知床半島の連泊のときに、せっかくのロードムービーに少し野生動物のシーンを入れたい、というので、西川監督は西澤と竹田と一緒に世界遺産エリアにむかった。ターゲットは熊かエゾ鹿だが、どっちかというと平和なエゾ鹿が望ましいなあ、などと言いながら走っているとまもなく目指すエゾ鹿を発見。絶好のチャンス逃すまじと三人は緊張し、焦り、興奮してその鹿を慌てて撮りまくった。

「どうだ。おれたちゃるときはやるけんね。ちゃんと狙ったものは撮るかんね」

三人が鼻の穴を大きくふくらませているうちに、別のエゾ鹿が現れた。

「それ、あっちもだ」

そいつを撮っていると、また別のところから別のエゾ鹿があらわれた。と、思うとさらに別のところから。あっちからもこっちからも。

気がつくと三人は三十頭ぐらいの鹿に囲まれていた。誰からともなくクルマの中に退散。そのあいだにもどんどんどんどんエゾ鹿がやってきて彼らのクルマを取り囲む。

「もうエゾ鹿は撮りつくしたから別のところへ行こう」

西川監督が運転手の竹田にいうが、うっかり動くとエゾ鹿を轢《ひ》いてしまいそうなほど包囲されている。

竹田焦ってブブゼラを吹く。するとさらにあとからあとから新たな鹿が集まってきて、結局鹿さん集団が三人組に飽きるまでクルマの中でじっとおとなしくしていたアニマルドキュメンタリーチームなのであった。

我々がその日、岩見沢にむかっているのは太田トクヤの生家を目指していたからである。そこには太田のおかあさんが一人で暮らしている。最近足腰が弱くなってきた、というので太田は伊勢丹《いせたん》で折り畳み式の軽量の「杖《つえ》」を買ってそれを届けにきたのである。

「ロードムービー」としては重要な場面である。

「そんなもの宅配便で送ればいいじゃないか」などと言ってはいけない。

息子が北海道をわざわざ一周して、手渡しで母親に届ける、というコトに感動の嵐が予測されるのだ。

母と息子、涙の再会なのだ

岩見沢に近づいてくるにつれて雨雲はどんどん切れて、北海道の夏を思わせる強烈な太陽がときおり顔を出すようになってきた。

そのコントラストの強い光と影がロードムービーにはおあつらえむきだ。

西川は「母をたずねて三千里」を意識して太田の横顔などをとらえている。照れくさがってふふふなどと太田が笑ってしまう。

岩見沢は太田の郷里だから、今回の物乞い旅にあたってヒロシが太田の交友関係をあらいざらい聞き、どこでなにを物乞いするかがっちりリストを作っている。

岩見沢のインターチェンジのそばで太田の同級生や市役所関係の人と待ち合わせた。

彼らが、この地で何か貰《もら》えるところをまず案内してくれるらしい。

同級生同士だから「おい」「おまえ」の世界だ。彼らが最初に案内してくれたのは上志文《かみしぶん》産地直売所「ふれあいの郷《さと》」という郊外の道沿いにあるお店だった。平成三年からのスタートというが道内の産地直売所のさきがけで立派に成功しているそうだ。スタッフは十七人いて、雪の降る土地なので営業は四月から十一月まで。冬季はその十七人全員がスキー場で働いているという。売り上げは土日が多く十万円ぐらい。年間で一〇〇〇〜一五〇〇万の売り上げがあるというから優秀である。平成十六年には全国表彰された。扱っている主な商品は豆類、椎茸《しいたけ》、山菜、漬物、米などで、土日は手づくりのお菓子なども売っている。

我々はここで、

白菜、ほうれん草、キュウリ、ネギ、キャベツ、さやえんどう、茹《ゆ》でたフキ、わらび、メロンの漬物（甘くなる前に漬けたという）岩見沢産のフルーツジュース一リットル×二本、純米大吟醸「ゆあみさわ」七二〇ミリリットル×二本、カボチャ焼酎《しょうちゅう》「南粋《なんすい》」、いわみざわキジらーめん一箱十二人前。

という、バラエティとまごころに富んだプレゼントをいただいた。

続いて市役所の人が連れていってくれたのは、「ふじききょう園」という知的障害者が働いているしいたけ栽培所で、ここでは大きくておいしい、と評判がいい「ゆっ

▲岩見沢へ向け、とばしはじめる。さあ久しぶりにここちのいい晴れ間がひろがっているぞ。

▲一路、岩見沢の実家へ向かう太田トクヤ。おかあちゃーん。

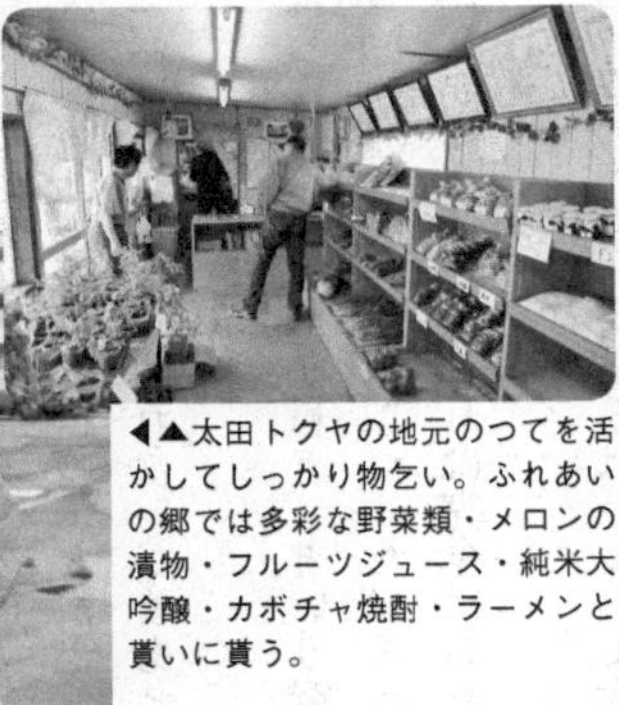

◀▲太田トクヤの地元のつてを活かしてしっかり物乞い。ふれあいの郷では多彩な野菜類・メロンの漬物・フルーツジュース・純米大吟醸・カボチャ焼酎・ラーメンと貰いに貰う。

こ」というブランドの椎茸をどっさり貰った。

いやはや、貰いに貰ったものである。

家計簿担当の海仁が貰いものの時価や販売値段をメモしているのだが、これだけになると見当がつかないようで、彼の取材メモは空欄になっている。

今度の旅に出る前に、おれはいざとなったら本当の「物乞い作戦」を考えていた。我々のこれまでの旅の経過で貰ったものはなんらかの人づてがあって、つまりは知り合いからの「お布施」に頼ってしまっているが、これは空腹になることを死よりも恐れているヒロシを食物工面の担当者にしてしまったことが「行き過ぎ」の原因になってしまったからなのである。そんなことを書くと、一所懸命に毎日のように電話して交渉し、とりつけた成果なのに……といって奴はグレるかもしれないがまあヒロシよ聞け。

何の紹介もなしに見ず知らずの人から道端にならんで座って何か貰う、という究極作戦が現代の日本で可能だろうか、というのが今回の旅の最初の着想だった。それに徹しなかったおれの弱腰がいけなかった。度胸がなかったのだ。これは完全におれの「作戦ミス」であった。

六月の北海道の午後はゆっくり暮れていく。貰うものを貰ったあとはいよいよ太田

▲シイタケを使ってふざける竹田・西澤・太田トクヤ。
おまえらいいトシして何やってんだ！とイカル椎名。

トクヤとその母との対面が待っている。

といってもその年の一月に太田は郷里に帰っているから、せいぜい半年ぶりの顔あわせにすぎないのだが……。

しかしあろうことか太田は自分の家がなかなかわからないのだ。聞けば、帰郷したときはすぐに駅からタクシーに乗って自宅に直行してしまうので（しかもそれは夜が多いので）町の区画整理などがすすんだいま、分かりにくくなっているのだという。

あっちこっちクルマでぐるぐる回ってやっと「ここらかもしれない」と太田はいい、なんとか「アタリ」となった。

きっぱり片づいた瀟洒《しょうしゃ》な家だった。我々のくるのをいまかいまかと待っていたらしいお母さんが玄関に出てきた。今年八八歳というが背筋のピンと伸びた若々しく上品な母親であった。

我々は玄関前に並び、一斉に挨拶《あいさつ》する。

「さあさ、どうぞお入り下さい」というお母さんにちょっとだけ待ってもらって、太田が伊勢丹で買ってきた折り畳み式の「杖」をプレゼントする場面を西川のＤＶＤカメラがとらえる。お母さんは眼鏡を外して涙をぬぐっていた。

ウハウハ喜ぶ蚊の広場

全員、家のなかに招きいれられ、応接室におさまった。太田が小、中学生の頃に学校の成績がいいときに作ってくれたというフルーツパフェが全員に振るまわれる。

「言われていた時間よりだいぶ見えるのが遅くなってしまったのでアイスクリームがずいぶん溶けてしまってすいません」

とお母さん。

それは息子さんが自分の家を忘れてしまってしばらくこのあたりをグルグル回っていたからなんです。

全員そう思った筈《はず》だがそれを口にするものは誰もいなかった。そのあと一人で毎日手入れをしているという立派な庭を見せてもらい、親子二人の記念撮影をした。帰りに「北海カンロ」という大きなマクワウリ（アジウリ）の一種を四個貰った。

それから太田の友人である岩見沢の役所の人の案内で「利根別《とねべつ》自然休養林」というところに案内された。そのなかに特別あつらえのキャンプ場があり、そこを貸してくれるという。ありがたいことである。

案内してくれたそこは周囲を高い樹木が囲んでいるテニスコートふたつぶんほどの場所だった。立派な炊事場と水洗式の立派なトイレが設置されていた。周囲を濃密な高い樹木が囲んでいるので風がまったくとおりぬけず、湿気充満しているから炊事場とトイレの屋根の上には一メートルぐらいの丈のある雑草がびっしり生えていた。そういう湿気と熱気が充満しているので蚊がウハウハいってとびまわっている。

ガソリン発電機を作動させてライトをつける。葛原がいなくなってしまったので食事はコンちゃんが中心になって作ることになった。しかしなにかいろんなものを貰ったが、それらをどう使ってどんな料理を作っていいかわからないらしくキッチン担当は困っている。

結局、しいたけとアスパラガスのバターソテー、サクラマスを焼いたもの、しいたけを焼いたもの、サクラマスチャーハン、貰った漬物そのまま、というあまり思想性のない組み合わせとなった。ウハウハの蚊どもは電気がついてさらに喜んでいるので蚊とり線香を四隅にいっぱいたいて、そこでようやく落ちついてみんなでビールを飲んだ。旅も最後に近くなっている。

「あっ、そうだ。竹田がアフリカから買って持ってきた肉の塊がある。あれそろそろ

▲感動の杖プレゼント。お母さんこれおりたたみ式の杖なんですよ。

▲やっと太田本人が見つけた本人の自宅。

▲お庭を案内してもらう。なぜか後ろの面々はにやにや笑い。

▼トクヤ思い出のフルーツパフェは迷ったおかげでずいぶん溶けてしまっていた。

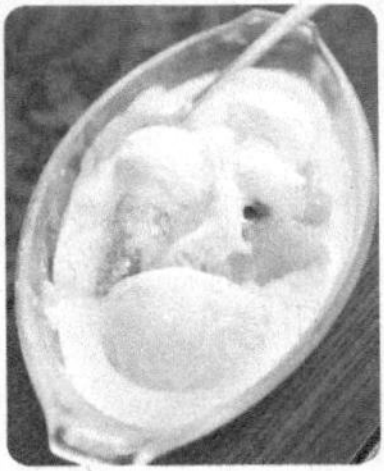

▼三人で記念撮影。

▼北海カンロという大きなマクワウリの一種をいただいた。

食わないとアフリカから日本に来て北海道をひとまわりして、世界で一番旅をした肉の塊というだけのことになってしまうぞ」

コンちゃんが言った。

「ウーン、どうせならこのまま東京に持って帰ってその記録をもっと伸ばす、というのもいい考えかもしれないなあ」

と西澤。

「いいすよ。その肉、おれが持って帰ります。自宅まで持って帰ります」

竹田、涙声になっている。

「やっぱり、今夜ここで食おう。アフリカの肉だぞ」

西川がやさしくいう。竹田泣き伏す。

「アフリカから持ってきたんですう」

「わかったわかった。みんな食いたくて食いたくてしょうがなかったんだけど必死に我慢してたんだよ」

その日は午前三時半からワールドカップの日本対デンマーク戦の中継がある。みんなそれを見たがっているので太田が交渉して地元の知り合いのスナック「たまねぎ」を午前三時から借り切ることになった。

▶利根別自然休養林は背の高い樹木が周囲を囲んでいるテニスコート２つ分ほどの場所だった。

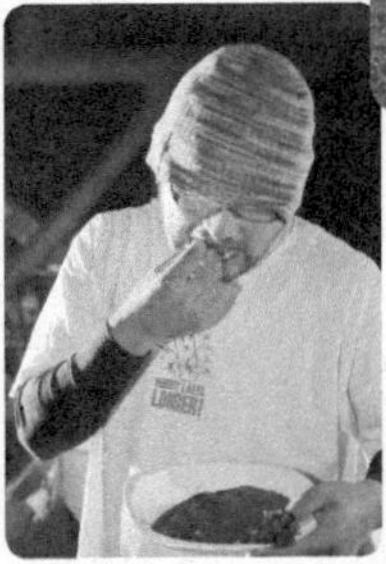

▲飽食のめんめんはあまりアフリカの肉を食わない。なみだぐんで一人で食べる竹田。

▼▶キッチン担当コンちゃんによる焼きシイタケと、ついに登場！竹田のもってきたアフリカの肉。

▼スナック「たまねぎ」に移動してまたまたサッカー観戦。この日は対デンマーク戦だった。

その時間まで夜は長い。森の中は真っ暗になり、まわりにはあちこちで貰《もら》ったありあまる酒類だ。アフリカの肉を丸かじりしながら酒宴は結局明け方まで続いたのだった。

快晴街道まっしぐら

余市《よいち》へのラストラン

早朝、テントをたたんで荷造り。テントは朝露でびっしょり濡《ぬ》れているからこれで二つのクルマの荷物はまた膨れ上がることになる。西川と竹田の無意味に大きい寝袋と折りタタミ式マットはみんなにケトばされながらも、なんとかどこかしらにもぐり込んでしぶとくここまでついてきており、さらに最終基地にむけて密航しようとしている。

今日は殆《ほとん》ど高速道路を使って余市まで約百キロの距離だ。

余市には十五年前に発作的に作ったわがカクレ家がある。当時は五十歳すぎたら北海道に移住し、海の見える山の上に家を建てて北のヒトになろう、などと夢見ていた。だからその当時北海道のあちこちの土地を探していた。その頃知ったのだが、北海道には不動産屋さんというのはなく、ほしい土地は自分で見つけてその地主と交渉するのがいちばんてっとり早いという、なんというかいまだに続く「北海道開拓精神」みたいなものが息づいているのであった。

事実おれは北海道の友人とあちこちクルマで走り回り、よさそうな土地を自分の目で探していた。

山の上がいい、と思っていた。海が見えるのが第一目標。そうして余市のサクランボ畑の山を見つけた。そこのほんの五十坪ぐらい買えればいい、と思ったのだが、北海道には五十坪などという土地単位はなく五百坪以上の交渉だった。地主と話をするとそれならいっそのこと山ごとでは……という話になった。山の上に住むならそこに上がる道も必要だからたしかにそのとおりなのだ。

結局「ひと山」一万坪買うことになったら、なぜかわからないうちに必要ない隣の山も買うことになってしまった。最初の山のてっぺん三百坪ぐらいを削って平らにし、そこに家を建てた。以来年に二〜三回はそこに行って北の暮らしの練習をした。しかし五十歳で完全移住というのはなかなかできず、中途半端なまま現在に至っている。広いリビングと二つの寝室、別棟の車庫の上にゲストルームがあるので、寝袋でのごろ寝をくわえれば二十人ぐらいは泊まれる。そこが今回の旅の最終地ということになった。

ここには夏と冬にくることが多い。冬やってくると雪の多い年は半端ではなく、まず山の上の我が家にいく道は四輪駆動のランクルでも登れない。私道なので町の雪掻《か》き車は素通りだ。そのときの場合に備えて近所の工事会社と契約していて、大きな機械で雪をかいてもらう。一回一万円。車は外に放置しておくと翌日エンジンがかからなくなるので、あらかじめ大きなガレージもつくった。ヒーターでエンジンを暖め続ける装置もついている。けれどその夜また雪がずっと降っていると翌日買い物などに出るときにまた雪掻き車の出動を頼まなければならない。また一万円。買い物から帰ってくるあいだに三十センチほど積もっていたらまた一万円だ。まあそこまでのことはなかったが、三日も家に籠《こ》もっていたらやはり外出料一万円だ。

だから雪道走行はだいぶ鍛えられた。死活問題だから当然そうなる。以前小樽《おたる》まで一人で買い物に行ったら峠でもの凄《すご》い吹雪にあって、峠越えをしようとしていた何台ものクルマが動けなくなった。もちろんおれも路肩にとめてただ吹雪がおさまるのを待っていたが、そういう状態でガソリンが切れて死ぬことがよくある、ということを聞いていたからけっこう恐ろしかった。

クルマがまったく雪だるま状態になる危険があるときは定期的に排気ガスがちゃんと出るようにそのあたりの雪をかきとらなくてはならない。しかし雪は驚くほどのスピードでそれを埋めていく。そのときは行政が大型のロータリー除雪車をだしてくれたので、埋もれたクルマはみんなじゅずつなぎになってなんとか峠を降りることができたけれど、雪道でのクルマ遭難なんてあっけないものなんだな、と北の恐ろしさを改めて知ったものだ。

冬の楽しみは漁港の堤防でのチカ釣りだ。海のワカサギと言われている。キュウリのような匂いがするからキュウリウオの仲間なのだろうか。これが餌なしのサビキで面白いように釣れる。あるとき一時間で三十尾ぐらい釣ってえばって家に帰った。その日はチカの唐揚げ。でも翌日、町の魚屋さんに行ったら一尾十円で売っていた。なんかガックリ。

余市川という全長五十キロ程度の手頃な川が流れていて、上流から河口までカヌーで何度か下った。緩い川なので子供を乗せていても危険はなく、いいフィールドである。

ここを拠点にした頃は、家の前の道をまっすぐ一時間ほどいったところにあるシャコタン岬によく行った。荒々しい海がそこにあり、冬は風が強くて怖いくらいのところだ。

快晴、スピードアップ

よく晴れていた。今日の運転手は葛原の借りてきたレンタカーに太田トクヤ、グランドチェロキーはコンちゃん、トラックはおれである。トクヤは故郷をたずねて母親と会い旧友ともまとめてあって、むかし行ったスナック「たまねぎ」のママとも会い、心身充実している。イキオイ心も弾むというものだ。

高速道路に入るとがぜんとばしはじめた。

ふだん東京であまり運転しているところを見たことがないので、運転はしないのかと思ったのだが、聞けば免許はあるという。

あまり話したがらないのだが、どうやらスピード違反を連続して免許証を失効し、あらためて教習所に通ってとりなおしたらしい。その過程はそうとう気分的に嫌だったようで、そういう悲しみの話は面白そうなので何度か聞いたがとうとう語らずじまいだった。

新宿の居酒屋の最初の店をつくるとき、新聞配達と喫茶店とバーの三つの仕事を毎日やって、一日の睡眠時間三～四時間でやりとおし、まず最初の資金を作った。三

～四時間まとめて寝るのではなく、それぞれの仕事場の片隅であいた時間に寝る、という方法をとったので、アパートの部屋などいらなかった。この超人的な「ふんばり」が彼の真骨頂で、免許をとるための再挑戦もできたのだろう。

免許を剝奪《はくだつ》されると、みんなもうすでに運転に自信があるから、教習所などにカネと時間をつぎ込んであらためて一からやり直す、ということなどせずに一発で取得できる「運転免許取得の試験」に挑もうとする。

しかし、試験場側は、一度なんらかの理由で免許失効した者にはとくに（無意味に）厳しくあたり、なかなかそれで再取得できる人は少ないらしいと、これはもっぱらの世間の噂である。

二度三度と挑戦したが、こまかいところで落とされて、それで改めて運転教習所にかよって取り直す、というのは相当、ねばり強い強靭《きょうじん》な精神力がないとできない、という。

太田トクヤはどうやらそれをやったらしい。だから北海道にくるとむかしの血がさわぎ、ついついぶっとばしてしまうのだろう。

今度の旅の実行隊長の西澤は日頃、日常的にクルマに乗る生活をしていたが、しょっちゅう駐車違反を繰り返し、あるとき高速道路でオービスにやられた。四十キロほどの速度オーバーで、積算された駐車違反などの合計失点で、あえなく免許取り消し。以来彼もなんとか復活の策を、と考えているが、やはり最初から教習所に通う気にもならず、どうしようどうしよう、と思っているうちに一年がすぎ、免許証など持っていないほうが行く先々でサケを飲めるし、その気になれば誰か運転している横でサケを飲める。こんなにいい境遇はない、ということに気がついてしまい、いまは「再挑戦」の夢などあとかたもなく消えてしまったようだ。

ヒロシはカメラマンとしてはめずらしくもともと免許はない。そのため今回の旅はクルマ三台(途中から葛原が加わった)に対して各車には二名の運転手しか配分されなかった。もちろんおれもそのうちの「運転要員」の一人である。三十年間「怪しい探検隊」をひきいてきた名誉隊長も、いまだ「運転要員」である。なんとかしろ、西澤！　ヒロシ！

クルマの少ない北海道の高速道路は元祖道産子《どさんこ》バリバリ族の太田がイノチをかけてぶっちぬき走行。地元人間の意地をみせたのである。片手を振っておれを追い抜いていく太田車に「バカめ死ね！」とおれは冷静に毒づく。覆面パトカーに早いとこ捕まって再度免許剝奪されてしまえ。粘り強い彼のことだからここで免許剝奪されてもまた三度目の教習所通いをすることだろう。彼の通う教習所の前に毎日行ってクルマのなかから彼が出てくるのを待って「バーカ。免許ゾンビになれ」といって乗せないで立ち去るのは楽しいだろうなあ。

十一時には小樽に着いた。高速道路はここでおわり、最終目的地の余市までは一般道をいき、ちょっとした峠越えがある。ひるめしの時間なので、おれが小樽で唯一信用している「海猫屋《うみねこや》」に行くことにした。北海道で、この小樽だけはどうも好きになれない。モロに観光地で、街全体がいつもざわついている、ということもあるが、なんといってもその観光客の観光心理にあぐらをかいて無意味にえばっている小樽の寿司屋が気にいらない。

小樽の寿司がうまいのは、魚そのものがうまいので、寿司屋の親父が名人でもなんでもないのだ。でもそれに気がつかずカン違いしてえばっているところがなんともマンガチックで笑えるのだ。ある有名なえばりまくりの寿司屋があって、店のなかに入ると空気が緊張していて客もガチガチに硬くなっている。ビール一本頼むのも決死の覚悟という。そういう意味のない緊張空間に好んで入りたがるマゾ客は同類バカで、両者で死ぬまで無意味に緊張していなさい。とにかく死ね、小樽の寿司屋め。どうも今日はおれココロのどこかで苛《いら》ついているようである。

小樽の観光地をさけて、まずは太田が株主の一人であり（何株所有かしらないが）

日頃から親しくしている「おたるワイン」の工場を訪ねた。社長から専務、常務、工場長などのお出迎えがあって我々は一気にＶＩＰになったような気分だ。

ここでおたるワイン各種とワイナリービール一箱を「物乞《ものご》い確保」。応接室で冷たいビールを出されたが運転手関係はみんな飲めず、西澤とヒロシと、もうオレこのあとの運転やーめたといきなり宣言した西川がワインをがんがん飲んでいる。くそう。

そこを出ると昼時間になったので、今度はおれが知っている「海猫屋」にみんなをつれていった。ここは寿司屋ではなく、気取っていない洋風料理とカレーがうまいので、余市にくるときはいつもここに寄って昼飯を食いコーヒーを煎《い》ってもらうことにしている。主人の増山誠《ますやままこと》さんとは誠同士で「おお」「やあ」の仲だ。

この店をおれに最初に紹介してくれたのは作家の村松友視《むらまつともみ》さんで、そのときおれは小学三、四年生ぐらいになる息子を連れていた。やつは当時冷し中華に命をかけており、そのことを話したら増山店長は洗面器ぐらいのうつわいっぱいの冷し中華を作ってくれた。いくらなんでも小学生にこれは食えまい、という作戦だったらしいがアホなぼくの息子はそれをイノチがけで全部食ってしまい、そこにいた人々全員をあきれさせた。

「シーナさん今回はずいぶん大勢できたんだね。何の旅で来たの？」

増山さんが聞く。

物乞い旅のテーマを言うと、大きな「野菜サラダ」を二皿プレゼントしてくれた。このところどうも肉系統にかたよっている我々の食生活にはたいへん有り難いことである。

小樽を出発するとあとは三十分ぐらいで余市である。そこまでいけばとびとびではあったがなんだかんだいっても十五年は行き来している勝手知ったる町である。あちこちにおれの知り合いもいる。

この余市が気にいってカクレ家を作った理由のひとつに「果物と魚の町」の魅力が大きかった。町の農業は殆《ほとん》どサクランボ、洋ナシ、リンゴ、ブドウなどの果物であり、まだ十分活発に機能している漁港と魚市場からは季節ごとにうまい魚があがり、そのため町には独立した（スーパーなどに入っていない）魚屋さんが、ここに来た当時で八軒ほどもあった。いまはいくらか減ったようだが、一軒だけでも親しい魚屋さんがあれば、行くたびにとびきりうまい新鮮な北の魚が手に入る。

十五年前、偶然最初に入った「新岡《にいおか》商店」が、じつはその町で一番うまい魚を一番沢山仕入れている店であった。

ヒラメ、赤カレイ、蟹《かに》、エビ、シャコ、ホッキ、ウニ、鱈《たら》、そして時期によっては

▶小樽の毛無山は陽あたりいい緑の山。ここにおたるワインの工場がある。社長と太田トクヤが親しいので表敬訪問となった。

◀▲みんなで工場見学。ひととおりワインのできるまでを学習したのちひととおりのワインで酔うまでの学習をした。ここでもワインとビールを貰う。

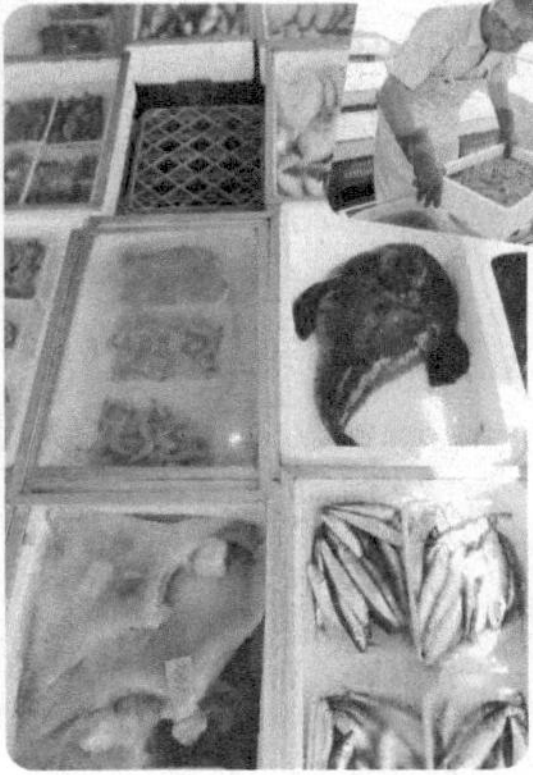

▲小樽では椎名の知り合いの「海猫屋」に行った。ここのカレーライスがうまいのだ。主人に「なんの旅ですか」と聞かれたので説明すると、うまそうなサラダを大皿ふたつめぐんでくれた。

◀▲余市で一番うまい魚を一番沢山仕入れている「新岡商店」。大きなヒラメ、ウニ十箱、トロ箱いっぱいの甘エビをいただく。

マグロが入る。冷凍ものなどいっさいないから、どれも全部まったくうまい。そして安い。最初に来た頃驚いたのだが、高級魚であるヒラメが旬になるとめちゃくちゃ安く、いつも食い切れないくらいだった。残ったそれを昆布〆《こぶじめ》にするとまた酒のいい肴《さかな》になる。さらに驚いたのは冬場の鱈で、一尾買ってそれでタラチリを作ったらうまいのなんの。いままで食ってきた鱈はいったい何だったのか？　と激しく人生的な疑問を感じるうまさなのであった。鱈は捨てるところがないと言われる。そしてうまいのは皮なのだ、ということも本場の鱈で初めて知ったのだった。

その日も余市の町に入ると最初に「新岡商店」にたちよった。「物乞い旅」の訳を話すとツーと言えばカーですぐに大きなヒラメ、ウニ十箱、甘エビをトロ箱いっぱいくれた。ああ。こんなにもらってしまっていいのだろうか。とのけぞりつつも今夜はたぶん大人数の野外パーティになる筈《はず》なので全部しっかり貰《もら》ってしまった。

そうして全員、意気揚々とわがカクレ家へとむかった。五十メートルぐらいの高さのある山なのでそこに上がっていくにはカタツムリのようなかたちをした勾配《こうばい》がきついらせん状の坂をあがっていく。冬になると四輪駆動車でないとあがっていけない。

家の横に海の見える大きな展望ステージのようなものを作ってあるのだが、木製なので十五年も雨ざらし雪ざらしになっていたから昨年あたりから木が腐りはじめ、うっかり歩くと踏み抜いて大怪我をしそうになっていた。毎年かなりの雪が積もり、春先まで溶けずに堆積《たいせき》しているので木も弱るのが早い。

それから鳥の繁殖季節にはキッツキがよく家の壁に穴をあけてくれた。一人で原稿を書いている夜などもよくあったが、海にむかって大きくひらいた庭先をキタキツネの親子などが横切っていくのをしばしば見た。ぜんぜん必要ないもうひとつ買った山のてっぺんにはマムシが住んでいるそうで、冬に一度スキーを履いて頂上まで登って見ただけで、あとは行ったことがない。

我々の到着時間に合わせて、東京からルノワール亜季子さんと、札幌の友人、西村《にしむら》裕広《やすひろ》さんがやってきた。亜季子さんは明日《あした》、苫小牧から帰る我々のフェリーの手続きをしてくれるためにわざわざ来てくれた。西村さんは札幌からバイクで激励にやってきたのだ。

草刈り軍団

おれがこの余市に拠点を持つようになったとき、最初に大きなバックアップをはかってくれたのは「青梅会《おうめかい》」のめんめんだった。

地元で果樹園や花農家をやっている若手集団である。青梅という名称だとどうしても「青い梅」を連想してしまう。はたしてこの地で梅も栽培していたかなあ、と不思議に思ったが、考えてみたらこのあたりの地名が「梅川町」といったのだ。だから「青年梅川町会」を略したものとわかり納得。

家を作ったときに町の人への挨拶《あいさつ》のためちょっとした集まりを持ってくれた。そこでこれからこの町の片隅にやっかいになります、という挨拶をした。それからみんなで初めての乾杯をし、それ以来、いい季節にここにくるとそれぞれの農園でやっているジンギスカンなどに呼ばれ、親交を深めていった。

今では雪が溶けて夏草がいっぱい繁《しげ》るようになると青梅会のめんめんが草刈り機のついたトラクターを連ねた軍団でやってきて主なところを綺麗《きれい》に刈ってくれる。一人で鎌で切るにはとうてい不可能な面積だが、軍団でやってきてくれるから半日ぐらいで、人間のアタマでいうとすっかり全部五分刈りぐらいにしてくれる。

北海道の野生の植物はイタドリにしてもフキにしてもみんな人間の背丈よりでかくなってしまう怪物だから、この草刈り軍団がドバアッと来てきれいに刈っていってくれたあとのここちよさといったら、見ていて自分のぼさぼさ頭がきれいに刈られたような爽快《そうかい》さで、本当に気持ちいい。良好な人間づきあいは大切であり、つくづく有り

▲前庭にクルマを置いて荷物を整理する。このまわりはサクランボ畑だ。

▼リビングでおつかれの太田トクヤ。旅はそろそろ終わりだ。

▲椎名の山の家のカクレ家に到着。大きな山をひとつ買ってその上を平らにして家を建てた。十五年たって疲弊した木製のベランダのむこうに石狩湾がみえる。

◀客がいろいろやってきた。札幌の西村さんとマドンナもおみやげ片手に合流。

▲旅の反省を語らう(?)西澤実行隊長と椎名。

▼料理を仕込み中の西川。この笑いはなんだ？

▲椎名がこの地で世話になっている青梅会のみなさんがやってきた。みんな果物農家だ。宴は夜更けまで続いた。

難いことなのだ。

その日の夜は庭にありったけのテーブルと椅子を置いて、それからその日「おたるワイン」や「新岡商店」で貰ったもの、そしてまだ残っているもの。「そうだ。竹田がアフリカからもってきた肉がまだ残っていたな。固いやつ。あれはアフリカの犀《さい》のけつの肉と言われていたなあ。しかしとにかくあれを食ってしまわないとまた東京にもって帰ることになるぞ」と気がついたものがいて竹田涙ぐむ。とにかくそんなふうにして在庫一掃の大ばんぶるまいとなった。

酒類はいまだ潤沢である。

現代の「物乞《ものご》い」は裕福な時代になっているから、貰えるものが予想以上に豊かで大量で、出発するときに考えていたのとはずいぶん内容がちがってしまい、いいんだか申し訳ないんだか我々の無邪気な無心に、出会う人々をことごとく困らせていたのではあるまいか。何度も書くが、物乞いの相手がみんななんらかの知り合い、というところが我ながら不純、アン・フェアだな、と思う。もうすこしいきあたりばったりを想定していたのだが、人生で空腹になるのを何よりも恐れているヒロシ君が、頑張りすぎてくれた、というところも関係したのだろう。もっともそれを指令したのはおれなのだが、まさかこんなにどこでも潤沢にふるまってくれるとは予想もしなかったのである。

一週間、移動していたので、おれは週刊誌の締め切りが明日に迫ってきていた。だから宴会は途中で抜けて、二階の自室で仕事をはじめていた。外から聞こえてくる賑《にぎ》やかな声には常に笑いがからまっていて、そのざわめきがここちいい。

翌日も快晴だった。どうもこの時期、北海道は道東はたいがい天候は悪く、この日本海に面した後志《しりべし》地方はおおむねいいらしい、ということを帰りの最後の日に我々は知ったのだった。

朝食は西川のつくる通称「西川屋のホットサンド」であった。出発までだいぶ時間があるから残ったビールをみんなで飲む。朝の海風を受けながら、冷たいビールに熱いホットサンドが実に実にうまかった。ゆうべ残った冷蔵庫のなかの生ウニをサンドイッチにするという神をも恐れぬ贅沢《ぜいたく》にいどむ奴もいる。西澤とコンちゃんだ。そうしてあとは片付けをして昼過ぎに苫小牧にむかうだけである。

最初から最後までクルマのトラブルはなかった。スタックすらおこさなかった。病気や怪我をするものはいなかった。行方不明者もださなかった。熊に齧《かじ》られて顔が半分になってしまった者もいなかった。痩《や》せた者もいなかった。というよりもみんないくらか太ったような気がする。なんちゅうことなんだ。

苫小牧までたちまち着いてしまった。ルノアール亜季子さんがてぎわよく我々の乗船手続きをしてくれた。暑い日で、堤防で時間待ちをしていたが黙っていても汗が吹き出てくる。一週間前に来たときは霧にけむっていていやに寒く、これから一週間我々は大丈夫だろうか、と思った同じ場所とはとうてい思えない。

夕刻近く、船は岸壁を離れた。ルノアール亜季子さんが手を振ってくれたが、空港のイミグレーションのようなところまでしか見送りの人ははいれず「テープでサヨナラ」なんてコトは今はできない仕組みになっているのだった。もっとも彼女は我々を見送ると我々よりも早く東京に着いてしまうのだが。

悔恨のあとがき

ひっきりなしにいろんな国へ旅をしていた頃、チリからアルゼンチンに陸路で国境を越えたことがある。ぼくは先乗り隊の三人チームで、国境を越えたところでアルゼンチン側の案内人が車で待っていることになっていた。ところがその案内人がいない。ラテンはいいかげんだからなあ。電話はまるで通じず、イミグレーションの建物近くでとにかく二時間ほど待っていた。やがて国境の役人からそこを離れろ、と命令され、やむなく知らない道をアルゼンチンの最初の町を目指してあるき始めた。といっても南米は広さのスケールが違うからその距離三百キロだ。間もなく我々は水が枯渇し、谷に入って幅十センチぐらいの川をさがし、たまたま持っていたわずかな食料（マフィンのようなもの）をわけて食い、重なる疲労にエネルギーが切れて野営した。

とにかく町に出るしかないので翌日もあるきだした。水と食料をさがしながら進んでいく旅だった。商店は一切なく、ときおりとおりすぎるクルマは警戒して止まってくれなかった。水筒の水がつきると小川をさがした。キッタリアという南極ブナに生えるピンポン玉ぐらいのキノコと酸っぱい木の実などがせいぜい口にできるものだった。農家のような家があると期待して足を早めたが、たいてい離農した廃屋だった。古い種トウモロコシなどを見つけては喜んだ。煮るとけっこう食える。一軒だけ人のいる農家があって、銃を持った用心深そうな老人から羊の脚を一本、けっこう高い値だが手に入れることができた。それで命を継いだ。旅人は原野に放たれると、とんでもなく弱い存在なのだ、ということをイヤというほど知った旅だった。

見知らぬ人から「食べ物」をめぐんでもらう、ということがいかに大変なことであるのか、ということを、いつかこの日本で試してみたかった。それが、今回の発作的な「物乞い旅」の発想だった。しかし、結果的には「物乞い」にはなったが二十年前の南アルゼンチンの荒野と、経済発展と飽食の日本とではまるで比較にならない格差がある、ということを知った。

やってみて、すぐにこの旅は失敗だったと実感した。テーマはあったが方法を間違えた。あらかじめその土地の知り合いに連絡してこれから訪問するので何か下さい、といっておくのでは「物乞い」ではなく「予告したタカリ」である。だからたちまち食い切れないほど食料を貰《もら》い、結果的に飽食三昧《ざんまい》となっちまった。

だからこの本は実にまったく「テーマ」に偽りあり、なのだ。現地には何も知らせず、自分らでその日ぐらしで食うものを安く（できればタダで）手にいれる旅でなければ意味がない。そういうなかでひもじい思いを味わうべきだったのだ。しかしもう遅い。唯一プラスと思ったのは、あらかじめ連絡しておくことで、その土地その土地の人と大勢で賑やかな再会とキャンプめしを楽しめたことだ。おそらく日本のなかではわざわざ飢餓に迫られる旅というのは、よほど意志の強い旅の思想を持たないと可能ではないのかも知れない、という最終的な結論も得た。

二〇一一年　蟬もいない夏のおわり

自宅で　椎　名　誠

文庫版のためのあとがき

旅にはいろいろあるが、こういう、歳も仕事も、経歴も、立場も、さらに性格や得意技もそれぞれちがう男どもと、あまりたいして目的のない、しかしなにかあるようなふりをして、あっちこっち移動していく、という芸のない旅芸人みたいな旅が好きである。

ぼくはどういうわけか一〇代の頃から、こういう我が身とかわらないどこかバカな連中を集めていろんなところにいくのが好きだった。数えてみるともう五〇年以上、こんな旅をしているのである。

学生時代は、夏休みに長期でどこかにいけたが、金がないから宿泊まりは無理で、それで必然的にキャンプ旅となっていった。それも今みたいに贅沢《ぜいたく》に一人ひとつの個人テントなんかじゃなく、主に米軍放出のズック地で作ってあるような厚くて重い素材の一〇人用なんてものだった。雨が降って濡《ぬ》れてしまうと、水を吸ってしまうのでもう一人で持てないくらいの重さになっている。もちろんクルマなんかないからそういうものを担いでいくのである。それにはやはり今回みたいに十人ぐらいの男たちが必要だから、当然どこへいくのだって大勢になる。めしだって大変だ。ここでも金の無さが常につきまとい、それで海や川で雑魚《ざこ》を釣って味噌《みそ》汁の具にし、せめてものたんぱく質のおかずの一助にしたのだが、考えてみると、いまだにやっているわが、こういうバカ旅の原点がむかしの無駄的苦労旅であったのだ。

その頃の島は海岸にテントをはることが多く、観光地の売店が店じまいの時間がヒトツノポイントだった。そのまわりをウロウロしていたら気のいいおっさんがいて「おーい、おまーらこれいるかあ」などと言って売れ残りのおでんを全部くれたことがあった。おれたちは感謝と感激。

おっさんを拝みたいくらいの気持ちになった。いま思うと、あの海岸はその日で遊泳禁止となり、屋台はみんな本格的な店じまいになっていたから、おれたちが拝みながら貰《もら》わなければそこらのゴミ捨て場にいってしまったおでんのようであった。

でも、こういうタイミングを戦略的に狙う、というのもひとつの学習となる。旅人はやはりいろいろ注意深く歩き回り観察してみるもんだ、というのもそういう体験から得たノウハウだった。

みんないい大人になった今、そして世の中のいろいろな規制が変わったいま、自分のところであげた食品で食中毒をおこし、えらいとばっちりをうける、なんてこともあるらしく、むかしのようなおおらかな御布施のようなものはなくなった。

そういう時代に他人の食物で余ったものをいただきながらどこまでやっていけるか、という時代錯誤のテーマを持ったのだが、飽食の時代はもっと別の意味で事態を変えていたようであった。結果はごらんのとおりであちこちで「もう食えません。もうお腹いっぱいで」といってヘコヘコしながら太った腹を抱えてへたりまくる、という体たらくで、それは結局ずっと続いて「北海道はいい人が多い。気前もいい。ずっとこのまま二〜三カ月回り続けようか」というダラク意見もかわされていたほどでありました。

むしろ人情と御馳走《ごちそう》に触れてシアワセきわまりない旅をさずけてもらった。多くの北の人に感謝します。

この本の最初(元本)のタイトルは『あやしい探検隊 北海道物乞い旅』だったのですが、ぜんぜん物乞いしてねーじゃねーか、という抗議をおそれ、文庫では『北海道乱入』とかえました。

あれから四年、頼りにしていたひとりが病に倒れましたが、他はみんな元気で、二〇一二年は韓国の済州島《さいしゅうとう》に一〇人ほどで乱入、二〇一四年には奄美《あまみ》大島の近くにある加計呂麻《かけろま》島に、倍増二〇人の親父どもと乱入してきました。乱入はつづくよどこまでも。

末尾になりますが、この旅で登場した兄貴分、西川良が二〇一二年一一月、食道ガンで逝去しました。賢く、のんべいで頼れる仲間を失い、我々はしばし呆然としておりました。

彼とともに歩いた最後の旅の記録としてこの本を捧げます。

二〇一四年　暑い夏の真ん中で

椎名　誠

お世話になった人たち

藤沢一雄さんご夫妻と、藤沢澄雄さんを
はじめとする「藤沢牧場」のみなさん

「ヤマコしらかわ米穀店」
(「室蘭ほっちゃれ団」代表)の白川皓一さん

「室蘭ほっちゃれ団」のみなさん

「にいかっぷホロシリ乗馬クラブ」の
お馬さんたち

豪華「歯医者寿司」
の丹羽修二さん

「越野水産」の
越野克彦さん

「斜里漁業生産組合」代表の室本敏博さんと
「知床鮭鱒舎」代表の室本康博さん

菊池智恵子さん、柏谷昇さんをはじめとする「ふじききょう園」のみなさん

竹中寿子さん、秋山暎子さんをはじめとする「ふれあいの郷」のみなさん、太田トクヤのご友人・熊谷孝さんと岩見沢市役所の方々

太田トクヤのお母さん

「おたるワイン」の社長と副社長

新岡恭司さんをはじめとする「新岡商店」のみなさん

「海猫屋」のご主人、増山誠さん

余市の「青梅会」のみなさん

そのほか、大勢の方々にお世話になりました。
協力してくださったみなさん、ありがとうございました！

解説　北の大地で一五〇〇km彷徨《さまよ》った舞台裏、時効となった汚職と横領、学習と内省はカラスによってオホーツクの彼方《かなた》に運ばれた

竹田《たけだ》　聡《そう》一《いち》郎《ろう》

あやしい探検隊が十数年ぶりに復活した。

ご存じ、あやしい探検隊は一九六三年に結成した「東日本何でもケトばす会」、通称・東《とう》ケト会が発端だった。

椎名《しいな》隊長の横暴さ加減や悪食っぷりは現在も変わらないが、目黒考二《めぐろこうじ》さんがメシを炊き、木村晋介《きむらしんすけ》先生がまぜかえし、沢野《さわの》ひとし画伯はわめきながら食う。という古き良き時代で、シーナワールドの原点として読んだ方も多いのではないか。

粟島《あわしま》でケンカしたり、八丈《はちじょう》島で海にブン投げられたり、福島の勿来《なこそ》海岸でスタックしたり……と文献には残っている。攻撃的な描写も多く、血気盛んで正直、あまり目を合わせたくない集団である。

第二期は「いやはや隊」である。水中カメラマンや、カヌーイストとカヌー犬、焚《た》き火料理のパイオニア、登山家、河童《かっぱ》などが名を連ねるプロのアウトドア集団、というのが大きな特徴だった。

八〇年代から九〇年代を中心にタヒチやニュージーランドに飛び、ケニアのキリマンジャロやバリ島のキンタマーニ山を攻めた。

そして二〇〇五年、沖釣り専門誌「つり丸」が椎名さんのところにやってきて「またなんかメチャクチャなことをしてください」とオファーを出した。その時の「つり丸」側の担当者のひとりが、今回の旅の副隊長格だったコンちゃんこと近藤加津哉《こんどうかつや》であり、椎名さんと共に「つり丸」との顔合わせの場に同席した男が齋藤海仁《さいとうかいじん》である。

その結果、椎名さんが久しぶりにテント張ってめたくそに酒を飲むか！　と無意味無目的に編隊したのが「怪しい雑魚《ざこ》釣り隊」で、「わしらは怪しい雑魚釣り隊」という連載が始まった。

いやはや隊のころはメンバーはそれぞれの分野で一派を作っているようなプロ同士だったので、全員対等だったが、あやザコ隊では伝統のドレイ制度が堂々と復活した。

余談になってしまうかもしれないが、椎名さんに「ドレイとか書き散らして、なんとか団体とかうんにゃら擁護委員会に文句言われたことないんですか？」と質問したことがあるのだが「うん。漢字で奴隷だとまずいかもしれないけど、カタカナだったら大丈夫なんだ。これは決まっているんだ、大丈夫。それにおれ、漢字を毎回、書くの面倒だからよう」とのことだった。乱暴なのだ。

雑魚釣り隊は関東近郊の海や伊豆《いず》七島などの離島に渡って竿《さお》を出し、どんなにちっちゃい魚も鍋《なべ》にブチ込めば出汁《だし》が出るという妄信のもと、釣りどころか堤防でカニを捕獲したり、洗濯物をひっかけるような荒っぽい仕掛けでトリ貝をぶっこ抜いたり、挙げ句の果ては嵐のあとの砂浜で岩牡蠣《がき》を拾って食ったりした。こんなんを釣り専門誌のトップランナーに掲載して大丈夫なのか、という不安は杞憂《きゆう》で、けっこう好意的に読まれたみたいだ。

現在は「つり丸」から「週刊ポスト」に移籍したが、まだ同名連載は継続中で、ますます無目的に全国どころか世界にまで進出し、構成員も三十名に肥大した。今後、どうなるのだろうか。たぶん、いちばん分かっていないのは隊長だと思う。

前置きが長くなってしまったが、この第三次あやしい探検隊にあたる「雑魚釣り隊」のメンバーがこの本の主な登場人物だ。

そして椎名隊長は五十年超というとんでもない「あやタン」の歴史と、日本全国、世界各国を巡った実績を持ってなお、まだやり残したことがあると言った。それこそがこの旅のテーマ「物乞《ものごい》い旅」だった。我々は北海道に向かった。

しかし、である。椎名隊長も終盤や「悔恨のあとがき」で触れているが、この旅はイメージ通りには進行しなかった。どちらかといえば、失敗の連続だった。

それはなぜだったのか。ここではその検証に始まり、最下層ドレイとして参加した僕の目から見た各隊員のありえない態度や行動、さらに当時を振り返る取材を重ねることによって浮き彫りになった背信行為を暴露したい。文庫解説というより、隊の不正をあばく渾身《こんしん》のノンフィクションとして読んでいただいて差し支えない。

先輩方を売るようで胸が痛むが、これは世直しならぬ隊直しである。併せて、文中敬称略なので先輩方、あとで文句を言わないように。


まず、実戦行動隊長に任命された西澤亨《にしざわとおる》は、現地での渉外担当を齋藤浩《さいとうひろし》（以下ヒロシ）に割り振った。これが最初にして最大の悲劇だった。

ヒロシは北海道の知人に「○月×日にそちらに行きます。食べ物をたくさんくださぃ。お酒もください。もっとください」電話をかけまくった。これが椎名隊長が言うところの「予告したタカリ」である。「あやしい探検隊」というよりも「あつかましいタカリ隊」が正しい。

「食べ物関係はヒロシに任せてみた。あいつはナントカ町に行くと帆立がうまいとか、厚岸《あっけし》の牡蠣は外さないでくださいよ、とか毎日のように電話をよこしてくるから『うるせえな、じゃあ、おめえが連絡と手配しろよ。それによって全体の行程を決めるから』とオレは半ばキレながらも、外野でワイワイ言うだけのヒロシが成長するいい機会だなと思って全権を委任したんだよ。親心ってヤツだな。壮大な意欲作と言い換えてもいい。でも意欲作ってよ、世間では失敗作と同義だったりするんだよな。結果は、うーん。四キロ太ったよ」(西澤亨)

ヒロシがタカリやすい方々に連絡をとる。タカリが成立したら、そこを目的地としてテントを張る。旅の計画はこういう順序だった。

しかし、我々はヒロシの卑しさと食べ物に関する執着心を甘くみていた。

彼は厚岸の牡蠣の番屋、西川良《にしかわりょう》のご学友がオーナーである藤沢《ふじさわ》牧場、知床《しれとこ》の歯医者寿司《ずし》、太田トクヤの地元・岩見沢《いわみざわ》の人々、さらに太田《おおた》トクヤが株主である「おたるワイン」、椎名隊長の別荘地である余市《よいち》の人々……。次々に「わしら貧乏旅をしているんです。はあはあ。ああ、食べないと死んじゃう。パトラッシュ、なんだかとても眠いんだ」と大根芝居を展開し(電話だが)、アポイントをとりつけた。

それに伴って、フェリーの到着する苫小牧《とまこまい》から、北海道の地図に旅程順にタカリ前線をひいていった。まずは東に進んで静内《しずない》へ。翌日はなんと日高山脈を越え、釧路《くしろ》を経由し、厚岸まで走った。さらに野附、知床半島まで北上したのち進路を西へ。網走《あばしり》、北見《きたみ》、旭川《あさひかわ》を抜けて岩見沢まで。さらに小樽《おたる》、余市へ南下して、最後はまた苫小牧へ。一週間足らずで約一五〇〇キロを走破した。

「途中でダカール・ラリーやってんのかな、と思えてきた」（西川良）

そんなコメントが噴出するのは当然で、これはプランニングが悪い。運転手の気持ちを考えろ……と言いかけたところで幹部は気付くのである。実行隊長（西澤）も渉外担当（ヒロシ）も運転免許のない四十代の欠落男たちなのであった。結局は残りの六人で九八年権藤ベイスターズ顔負けの完全分業リレーを構成し、なんとか無事故無違反で全行程を消化できたのは快挙と言っても大袈裟《おおげさ》ではないだろう。そして無免のくせに後部座席でイビキをかいていたふたりの姿を文庫化と共に思い出して改めて断罪の必要性を問いたい。

「食って移動して、移動して食った。運転は眠かった。タッチアンドゴーを繰り返すアメフトのような旅だった。でも北海道のメシはどれもうまくて、そこは満足している。ただ、椎名さんが書いたとおり飽食グルメ旅で、これを読んだ人はただの自慢と感じる人もいるかもしれない」

齋藤海仁は四年前をこう振り返る。編集者としての目線も含んだ、なかなか的を射た総括だ。「雑魚釣り隊唯一の知性」との異名はダテではない。思えば海仁は経理部長を務め、隊の財布を最後まで管理してくれた。が、太田トクヤの回想が物議を醸した。

「移動は確かに大変だったけど、道の駅で何度か食べたソフトクリームは甘くてコクもあって美味《おい》しかった。これが北海道の本気なんだよ、と一緒に食べてた（西川）良ちゃんと（齋藤）海仁君に教えてあげたら、ふたりとも『北海道、最高ですね』と嬉《うれ》しそうで僕も嬉しかった」

道産子《どさんこ》の誇りと共にトクヤは語ってくれたが、その三人以外はソフトクリームなんて食べた記憶は一切、ないのだ。しかもそれは隊の財布からの支出として計上されていたようだ。その件を海仁本人に問いただしてみた。

「あのなあ、竹田《たけだ》、もう四年前の話だぞ？」

「はい。でも不正は追及しないと」

「四年前、サッカーワールドカップのチャンピオンはどこだった？」

「スペインですね」

「今は？」

「ドイツです」

「そういうことだよ。分かったか」

どういうことだかさっぱり分からないが、電話は一方的に切られ、掛け直してもつながらない。

さらに太田トクヤは無邪気に続ける。

「あとはね、厚岸で寄ったレトロな銭湯が気持ち良かったなぁ。明治から続いているらしく、レトロな雰囲気で楽しかったのを覚えているよ。そうだ思い出した、喜楽湯だ。コンちゃんが連れてってくれたの」

我々のキャンプ旅でしばしば争点となるのが、風呂《ふろ》の問題である。

椎名《しいな》隊長は風呂にあんまり好んで入らないのである。

「椎名さん、近くに有名な温泉があるみたいです」

「ふーん」

「……行きませんか？」

「嫌だ。面倒だ。それより早く飲もうぜ。ビールは氷点ギリギリまで冷やしておけよ」

自分の身体は温めずに、ビールを冷やすことだけに集中するブレない男・椎名誠《まこと》。

ということで、我々は遠征先でよく椎名隊長の目を盗み、青森や秋田や新潟や福島や福岡や高知で温泉や銭湯に向かったものである。この北海道旅も例外ではなかったのだ。コンにも電話を入れてみる。「喜楽湯って知ってます？」

「いやちょっと分かんない。真龍小学校裏とか明治四十五年創業とか湯船が腰くらいまで深いとか番台のおばあちゃんの口癖が『そうなんよ』とかそんなこと全然知らない」

早口でまくしたてられる。ほぼクロである。そして彼はもうひとつ大きな十字架を背負っている。

「質問を変えます。椎名隊長が現地でもっとも逆上した『尾岱沼《おだいとう》カジカ・カレイ大量変死事件』について。あれはあの旅で初めて我々自身で獲得した生きた獲物でした。それを担当編集にあるまじき怠慢と無精によって台無しにした。それについてはどう考えているのですか？」

「事件については反省しています。まあ、誰かが『僕が悪かったです。申し訳ない』と言わないといけないわけですから。椎名さんは激高していたけど、ネタがなかったので編集者として事件を起こす必要があった。僕のファインプレーでしょう。むしろ褒めてほしい。あとは知床でクマを見たかった」

この男もどこかの作曲家や県議ばりに開き直るのであった。

また、この野付のキャンプでは、不正というには言葉が過ぎるがささやかな虚偽があった。

バカコンの失態によってその日の献立は急遽《きゅうきょ》、カレーに決まった。カレイがなくなってカレーなんてバカみたいだが、仕方ない。コンのせいで空腹に苛立《いらだ》ちが加わった、椎名隊長は炊事場に出てきた。

「めしはまだか」

炊事担当はスポット参戦してくれた葛原渉《くずはらわたる》。太田トクヤと同じ北海道岩見沢出身で、太田トクヤの店のひとつで料理長として働いている。が、小分けになった肴《さかな》を作るのには慣れているが、大人数のキャンプ料理の経験は少なく時間がかかっていて、米は炊けているがカレーはまだ未完成だという。西澤《にしざわ》がフォローする。

「椎名さん、メシできたら呼びますから」

「おお、そうか。じゃあ頼む」

椎名さんがロッジに戻ると、葛原は小声で報告した。

「西澤さん、あの……」

「なんだ、椎名さん待ってっから早く作れよ」

「カレーなんですけど……」

葛原が鍋《なべ》の中におたまをつっこんでルーをすくう。

「あっ、シャバシャバじゃねーか！」

買い物係がルーの箱数を間違えたのか葛原が水の量を誤ったのかは定かではないが、カレーは味噌汁《みそ》のようにほぼ液体のままだった。二四〇秒後、また椎名隊長が出て来る。

「めしはまだか」

西澤、小声でささやく。

「いいか葛原、切り抜けるぞ。ここはお前の地元・北海道だ。名物は知ってるな？お前は黙ってニコニコと椎名さんにカレーをよそえ」

「はい」

西澤はウホンと咳払《せきばら》いをひとつしたのち、ギャルソン風に深々とおじぎをした。

「隊長、本日のメインは北の大地の恵みをふんだんに煮込んだ北海道名物・スープカレーとなっております」

葛原、一瞬、驚いた表情をうかべたのち、なんとかひきつった笑みを作り上げ、銀シャリにシャバシャバカレーをぶっかけて椎名隊長に差し出した。隊長はすぐさまひとくちすすった。

「ちょっと味が薄いけど、スープカレーってこういうもんなのか？」

「はい。北海道産のタマネギを強く感じてほしいので薄めで作りました。それを見抜くとはさすがです」

「なるほど、やるなあ。うまいよ葛原、ありがとう」

西澤実行隊長がずる賢いのか、椎名総隊長がバカなのかは分からないが、事態は大事にならずに解決した。一四六頁には「昨夜大量につくられたカレーが、どうやら水加減の間違いでカレースープ化していた」という記述があるが、これは隊長の記憶違いで前夜からカレーはスープカレーだった。

ここまで真実のみを書いてみて、まず思うのは「こいつら、誰も反省してねえな」である。

逃げ、ボカし、開き直り、ごまかしの旅である。

だがしかし、肝心の最後のひとり、「物乞《ものご》い清貧紀行」を「タカリ飽食グルメ旅」に一八〇度転換させてしまった張本人はさすがに反省しているだろう、と思って電話をかけてみると、さすがに殊勝だった。

「北海道旅ですか……。椎名隊長はじめ、みんなに申し訳ないと思っています」

ほとんど消え入りそうな声だ。ヒロシは続ける。

「本当にごめんなさい。わざわざ遠くまで行って、あんな畜産大国で肉を食べ忘れるなんて！」

ん？

「ジンギスカンを最初に食べただけ。帯広の豚丼も旭川《あさひかわ》の新子焼きも、とかち鹿追い牛も北見牛も、なーんにも食べなかった。わあああ。何を食べに行ってもどうせ全部は食べれないいじゃないですかああ」

なんだか某温泉に百回くらい日帰り出張に行きそうな感じになってきて怖かったので今度は僕が電話を切った。飽食については一切、反省などしておらず「肉を食べられなかったのが心残り」、後悔はその一点であった。

この人たちは何なんだろう。

あの北海道飽食グルメ旅から二年後、二〇一二年五月。今度は二週間かけて「韓国のハワイ」こと済州島《さいしゅうとう》へ乱入した。その行状記である『あやしい探検隊 済州島乱入』（角川書店）はこの「北海道乱入」の続編に当たる。

今度は「タカリ」からレバーを「自炊」の方向に大きく倒し、参加人数も期間も倍増し、移動も最小限。

北海道の反省が大いに活《い》かされた、無意味無目的という意味では往年のあやしい探検隊に近い紀行となった。

ただ、そのぶん「何をしに行ったんだ？」という質問には答えにくい。無為と言わればそのとおりで、横着と指摘されたらうつむくしかない。僕は全体進行、経理を担当させていただいたのだが、

「今晩も逆に肉でいいんじゃない？」

「このプルプル鳴るスマホ誰のだ？」

「おら、韓流《はんりゅう》スターになりてえだ！」

「僕の部屋に猫を見にきませんか？」

「あれっ、レンタカーの鍵《かぎ》がないぞ」

「カジノと麻雀、ビールとマッコリ、これのどこが取材なんですか？」

こんなセリフに囲まれて、またも「旅として成功だったのか」と問われると相当に自信がない。物好きな方はぜひこちらも読んでください。脱力すること請け合い、それだけは自信があります。

（第二十一代ドレイ／ライター）

写真　齋藤浩＋椎名誠＋近藤加津哉
イラスト　沢野ひとし
本文デザイン　國枝達也

本書は、二〇一一年に小社より刊行された単行本『あやしい探検隊 北海道物乞い旅』を改題し、加筆修正のうえ文庫化したものです。

あやしい探《たん》検《けん》隊《たい》
北《ほっ》海《かい》道《どう》乱《らん》入《にゅう》

椎《しい》名《な》 誠《まこと》

平成26年 10月25日　初版発行
令和７年 11月20日　６版発行

発行者●山下直久

発行●株式会社KADOKAWA
〒102-8177　東京都千代田区富士見2-13-3
電話　0570-002-301（ナビダイヤル）

角川文庫 18816

印刷所●株式会社KADOKAWA
製本所●株式会社KADOKAWA

表紙画●和田三造

ISBN978-4-04-101759-3　C0195

◆◆◆